Das unheimliche Klassentreffen

Hannelore Deinert

Hannelore Deinert

Das unheimliche Klassentreffen

Es gibt Dinge, die gehen über unsere Vorstellung hinaus.

Bibliografische Information der Deutschen Nationalbibliothek: Die Deutsche Nationalbibliothek verzeichnet diese Publikation in der Deutschen Nationalbibliografie; detaillierte bibliografische Daten sind im Internet über dnb.dnb.de abrufbar.

Herstellung und Verlag: BoD – Books on Demand, Norderstedt

ISBN: 978-3-7578-9971-4

1. Auflage aus 2018 Hannelore Deinert

Inhaltsverzeichnis

An der Elbe entlang

Ich behaupte, dass, wer mit dem Fahrrad unterwegs ist, mehr von Land und Leute mitbekommt, als mit irgendeinem anderen fahrbaren Untersatz. Man ist frank und frei, nur auf sich und seinen Drahtesel gestellt, fast wie ein Wandergeselle, erlebt die Natur und die sich stets wechselnden Gegebenheiten mit allen Sinnen und bleibt dabei körperlich fit. Die Speisen, Sitten, Gebräuche, Trachten und Baustile mögen sich regional ändern, das ist interessant und abwechslungsreich, aber die Menschen, das ist mein Eindruck, bleiben sich im Grunde gleich, überall gibt es solche und solche.

Aber ehe ich ins Schwärmen für das Fahrradfahren gerate, möchte ich lieber von einem Ereignis berichten, das sich während einer unserer Touren zugetragen hat. Bis dato habe ich noch keiner Menschenseele davon erzählt, schon gar nicht meinem Mann, er hätte mich, fürchte ich, glatt weg für verrückt erklärt.

Mein Name ist übrigens Angelika Altmeier, mein Mann Peter und ich bereiteten uns wieder einmal auf eine Fahrradtour vor, seit wir die sechziger überschritten haben, gönnen wir uns welche mit Rückenwind, den man nach Bedarf einstellen kann. Wir haben schon so manchen Flusslauf befahren und wissen, was in eine Satteltasche gehört, eine Luftpumpe natürlich und ein Flickzeug-Set für defekte Schläuche, ein Desinfektionsmittel für Schürfwunden, etwas Verbandszeug, viel Sonnenschutzcreme und die Bereitschaft so ziemlich mit allem zu rechnen und so manche Unannehmlichkeiten in Kauf zu nehmen. Zuhause dann müssen sich Familie und Freunde eine Flut von Fotos anschauen, die von uns wortreich dokumentiert und nicht immer von allen mit der gewünschten Geduld und dem verdienten Interesse gewürdigt werden.

Wie auch immer, bei unserer letzten Tour ereignete sich in einem kleinen, unscheinbaren Ort etwas, das ich schon ziemlich verdrängt und als zu abwegig abgehakt hatte, bis eben jener Brief ins Haus geflattert kam.

Aber fangen wir lieber von ganz vorne an.

Auch dieses Mal brachten wir unsere Räder auf Vordermann und verschickten sie per Bahn nach Cuxhaven, in ein Hotel nah am Hafen. Von dort aus sollte unsere Tour beginnen, dieses Mal wegen des sprichwörtlichen Nord-Südwindes ab der Elbmündung bis nach Magdeburg. Leider hält sich der Wind selten an Diagnosen, er wechselt seine Richtung wie es ihm gefällt, was wir zeitweise zu spüren bekommen sollten. Ansonsten überließ Peter ungern etwas dem Zufall, er tüftelte auch dieses Mal im Vorfeld mittels eines Elbe-Bike-Tourenbuchs sorgfältig die anstehende Reiseroute aus. Die täglich zu fahrenden Kilometer, zum Beispiel, die Orte und die Unterkünfte, in denen wir nächtigen würden, und die Sehenswürdigkeiten, die wir auf keinen Fall verpassen durften. Trotzdem, eine Tour auf eigene Faust ist immer mit Überraschungen und Risiken verbunden, aber das macht den Reiz derselben ja aus.

Da wir im Rhein-Main-Gebiet wohnen und eher selten so hoch in den Norden kommen, wollten wir uns bei der Gelegenheit Hamburg ansehen und danach ein paar Tage in Helgoland verbringen. Wir fuhren also mit dem ICE nach Hamburg Altona, wo Peter in einem Hotel für zwei Nächte ein Zimmer hatte reservieren lassen, bummelten durch Hamburgs Innenstadt, genossen das Flair des Hafens, aßen in kleinen Restaurants und ließen uns auf einer Hafenrundfahrt, auf Deck eines Raddampfers die Speicherhäuser und die berühmte Elb-Philharmonie zeigen und erklären.

Am Morgen des dritten Tages bestiegen wir mit leichtem Gepäck einen Katamaran, der uns in gut zwei

Stunden durch die Elbe, das Delta und über die Nordsee zur Insel brachte.

In Helgoland wehte ein scharfer, kalter Wind, tiefliegende, dunkle Wolken kündigten baldigen, anhaltenden Regen an, was mich veranlasste noch im Hafengebiet eine wetterfeste Jacke zu kaufen. Es lohnte sich, das Wetter hielt, was es versprach. Das konnte uns aber wenig verdrießen, trotz des heftigen Nordwindes, der über die Insel fegte, und des Regens, der auf die dicht liegenden Schieferdächer der Unterstadt und auf das Oberland prasselte, gelegentlich setzte sich auch die Sonne durch, bummelten wir im Unterland an den Hummerbuden vorbei, wanderten im Oberland zum Lummenfelsen und bewunderten dort die abertausende Lummen und verliebten, ohrenbetäubend schnatternden Bastölpel. Es war ein Vergnügen gut verpackt durch die schmalen Gässchen mit den fantasievoll und witzig gestalteten Vorgärtchen zu bummeln und in die gemütlichen, originellen, immer überfüllten Lokale einzukehren.

Nach zwei Tagen bestiegen wir wieder einen Katamaran und nahmen Abschied vom roten Felsen, der schnell aus unseren Augen im Meer verschwand.

In Cuxhaven hatte Peter in einem Hotel nah am Hafen für zwei Nächte ein Zimmer gebucht, dort warteten bereits unsere E Bikes auf uns. Wir hatten genug Zeit, um zur Elbmündung zu radeln, dort durch das Watt zur nördlichsten Spitze des Landes zu wandern und die berühmte Kugelbake zu besichtigen, einen weithin sichtbaren Turm aus Holz, der in früherer Zeit vor gefährlichen Untiefen und Sandbänken gewarnt und Flussmündungen oder Hafeneinfahrten signalisiert hatte. Wir bummelten durch die Straßen von Cuxhaven und bewunderten die hinter hübschen Mauern und Metallzäunen liegenden, meist herrschaftlich anmutenden Häuser. Auf Tafeln waren die Erbauer verewigt, vornämlich Kapitäne, die sich im vorigen Jahrhundert hier niedergelassen haben. Die vielen Kneipen und Fischlokale rund um den Hafen ließen die Vermutung zu, dass sich hier auch Matrosen und Schiffsbesatzungen wohlgefühlt haben mussten. Auch wir genossen in einem der Fischlokale exzellenten Fisch, wobei wir durch ein Panoramafenster das muntere Treiben im Hafen beobachten konnten.

Wir besuchten das Auswanderer-Museum mit den Abfertigungs- und Wartehallen. Auf vielen Informationstafeln wurden anschaulich die Schicksale der Auswanderer und der sich rivalisierenden Reedereien dargestellt. Ob es wohlhabende Emigranten waren, für die die Reise in die neue Welt ein abenteuerliches Vergnügen war, oder Menschen, die vor Not und

Elend flüchteten, die mit Lederriemen gesicherten Schrankkoffer und die armseligen, übereinander gehäuften Köfferchen, die in der Eingangshalle ausgestellt waren, und die übergroßen Bildertafeln von Auswanderfamilien veranschaulichten die Hoffnung aller Emigranten, nämlich die Hoffnung auf ein besseres Leben im Land der unbegrenzten Möglichkeiten.

Endlich war es soweit. Es war wolkig und leicht windig, als wir am dritten Tag frühzeitig mit unseren Hightech-Eseln aufbrachen. Zuerst ging es auf reich mit Schafskötteln und Kuhfladen gesegneten Deichwegen, zahllose Gatter mussten wegen der Schafs- und Kuhherden geöffnet und wieder geschlossen werden, auf der Elbe glitten auf Weidenhöhe, wie es schien, große Last- und Ausflugsschiffe vorbei. Die idyllischen Orte, durch die wir fuhren und die reetgedeckten, ziegelgemauerten Bauernhäuser, an denen wir vorbeikamen, begeisterten uns.

Aber ich will nicht vom romantischen Hofgut erzählen, in dem wir unsere erste Nacht verbrachten, oder von den gemütlichen Raststätten, in denen wir einkehrten und beispielsweise leckere Kartoffelsuppe mit Ingwer serviert bekamen, ich werde es mir auch verkneifen, von der einstmals reichen Hansestadt Stade, durch deren Plätze und verschwiegenen Gassen wir

bummelten, oder vom Alten Land und seinen endlo-
sen Obstgärten und saftgrünen Marschwiesen zu berichten, in denen wir uns verirrten und schließlich
doch noch auf Umwegen den Hamburger Hafen

erreichten. Es würde auch zu weit führen, von der abenteuerlichen Fahrt durch Hamburg zu erzählen, in der ausgerechnet an diesem Wochenende der G 20 Gipfel stattfand und einem Hexenkessel glich. Von den ausufernden Randalen wurde ja ausführlich berichtet.

Eines jedoch muss ich doch erwähnen, weil es für Peter und mich so typisch ist.

Nach einer erholsamen Nacht in einem Fährhaus standen wir vor der Wahl, entweder auf der Landstraße weiterzuradeln oder den Weg durch den Wald zu nehmen, er war als „Oberelbe-Fahrradweg" ausgeschildert, was sehr vielversprechend klang. Natürlich bevorzugten wir den Weg durch Wald, aber schon bald schrumpfte der sogenannte Oberelbeweg zum Pfad und schließlich zum Schleichweg zusammen. Schon glaubten wir, uns wieder einmal verheddert zu haben und wollten umkehren, da sahen wir auf einem mannshohen Baumstumpf unseren typischen Elbe-Fahrrad-Wegweiser, ein geschwungenes blaues e und ein grünes Fahrrad, der Pfeil darauf wies eindeutig einen steilen, meterhohen, rutschigen Hang hinauf. Na, toll, da sollten wir also nun mit unseren schwerbeladenen E Bikes hinauf, für mich schlichtweg unmöglich, ich hätte Kopf und Kragen riskiert. Peter verspürte keine große Lust umzukehren und mir war auch nicht danach, also schaute ich mit angehaltenem Atem zu, wie er anlaufnehmend und heftig radelnd versuchte hinaufzukommen, was er mit Müh und Not auch schaffte. Oben stellte er keuchend sein Rad ab und schaute zurück, und weil ich keinerlei Anstalten machte nachzukommen, schließlich kenne ich meine Grenzen, kam er zurück, um es auch mit meinem Fahrrad zu versuchen. Wiederum stockte mir der Atem, als ich zusah, wie er, heftig in die Pedale tretend sich hinauf plagte, dann kletterte ich ihm, im Stillen seinen unglaublichen Mut bewundernd, nach. Danach erwies sich der Oberelbeweg durch den Wald zwar als herausfordernd, urwüchsig und abenteuerlich, aber auch als wunderschön und abwechslungsreich. Die gelegentlichen Ausblicke durch die Bäume hinunter auf die Elbe machten jede Mühe wett.

Die Elbmarschlandschaften mit den kleinen Seen, auf denen sich unzählige Schwäne und Enten aufhalten, die romantischen Mühlen, in einer davon haben wir sogar genächtigt, die alten, bezaubernden Städtchen oder die Brücke, die weit in die Marschlandschaft hinein gebaut und im Nirgendwo zu enden schien, sind allemal eine Radwanderung wert.

Auch die vielen netten Begegnungen, zum Beispiel die mit den zwei jungen Männern aus Berlin, die wir in einem Biergarten antrafen. Wir tauschten uns mit ihnen über bereits gemachten Touren aus und radelten danach ein Stückchen mit ihnen weiter. Unsere Wege trennten sich, als die zwei auf der geteerten Straße blieben, sie hatten noch eine gute Strecke vor sich, während wir eine empfohlene Abkürzung durch einen Wald nahmen. Peter und ich bevorzugen nun einmal unbefestigte Wald- und Feldwege, was nicht unbedingt ein Vorteil sein muss. Auch dieser Weg stellte sich sehr schnell als heillos versumpft und durch starkes Wurzelwerk und herabgefallenes Geäst als kaum passierbar heraus, es wäre also sinnvoll und clever gewesen umzukehren, aber unsere Radfahrerehre kümmert sich wenig um Vernunft und Cleverness, also Augen zu und durch, selbst wenn die Räder, die Satteltaschen und wir selbst bis zu den Knien total verschlammten. Peinlich war nur, dass wir uns danach praktisch nirgendwo mehr blicken lassen konnten, schon gar nicht bei unserer nächsten Bleibe, die wir nun bald erreichen würden. Uns blieb nichts anderes übrig, als unsern Zustand zu ignorieren und mit hocherhobenen, helmbedeckten Köpfen weiterzuradeln, in der Hoffnung, dass uns keiner ansieht, Augen zu und durch eben, darin waren wir bestens erprobt. Was soll ich sagen, nach einer Weile trocknete der Dreck und

14

ließ sich mühelos, wenn auch nicht völlig spurlos ab-
klopfen, wie das meiste im Leben, was einem unnötig
belastet.

Das „Alte Schulhaus"

Das Datum des Tages, an dem wir am Nachmittag in
Schnackenburg einfuhren, werde ich wohl nie vergessen, es war der 8.7.. Auf den ersten Blick unterschied
sich der Ort kaum von den anderen bäuerlichen Dör-
fern, die wir bereits durchfahren hatten. Wir radelten
an ziegelgemauerten, schlichten Häuserfronten vorbei
und an einer ebenfalls ziegelgemauerten Kirche, deren
niedriger, viereckiger, wuchtiger Turm allerdings
samt seinem roten, rund und spitz zulaufenden Dach
von einem Gerüst umgeben war. Weder auf dem gepflasterten Kirchvorplatz noch sonst wo war eine
Menschenseele zu sehen, die man nach dem Hotel
„Zum Elbgrund", unserer nächsten Unterkunft hätte
fragen können, also fuhren wir erst einmal Richtung
Elbe, wo es sinngemäß sein musste. Statt dem Hotel
fanden wir einen Biergarten direkt am Elbufer, und
weil wir Hunger und Durst hatten und in seiner Ein-
fahrt viele abgestellte Räder sahen, stellten wir die
unseren dazu und schlossen sie ab. Der Duft von
Grillwürstchen lockte uns in einen winzigen Biergar-

ten, wo längs der links verlaufenden Mauer etliche, von Wanderern besetzte Gartentische und Bänke standen. Wir mussten uns ein wenig gedulden und schauten der jungen, blonden Bedienung zu, die flott mit Kartoffelsalaten und knusprigen Würstchen beladene Teller und mit Apfelsaftschorle oder Bier gefüllte Gläser an die Tische brachte, im Zurückgehen kassierte sie und sammelte schmutziges Geschirr ein. Sonst war keine Bedienung zu sehen, wenn man von dem jungen, blonden Mann, der im Hintergrund auf einem offenen Grill Bratwürstchen und Steaks brutzelte, absah. Auch er hatte genug zu tun.

Dann wurden wir von der tüchtigen Bedienung in eine Weinlaube gebeten, nach den mit Tischtüchern versehenen, kleinen Tischen und den mit Kissen ausgestatteten Kunststoffsesseln ein privater Bereich. Ein älteres Paar saß bereits an einen der Tische, wir grüßten und ließen uns aufatmend am Nebentisch nieder, hier ließ es sich aushalten. Die Getränke- und Speisekarte vor uns auf dem Tisch war überschaubar, aber wir brauchten sie nicht, wir bestellten Grillwürstchen, Kartoffelsalat und zwei große Apfelsaftschorlen.

Nachdem wir die Teller leergeputzt hatten, bestellte Peter bei der netten Bedienung zwei Kaffees. Ich nutzte die Wartezeit, um auf die Toilette zu gehen.

Als ich zurückkam hatte sich der Biergarten unversehens geleert, die meisten Radler haben es eilig und wollen rasch weiter. Wir aber hatten Zeit, wir wollten schließlich hier bleiben und im Hotel „Zum Elbgrund" übernachten.

Auch die junge, tüchtige Bedienung konnte ein wenig durchatmen, sie stellte lächelnd den Kaffee vor uns auf den Tisch und fragte, ob wir sonst noch einen Wunsch haben.

„Danke, nein", meinte ich, ihr Lächeln erwidernd. „Wir sind restlos satt, es hat wunderbar geschmeckt. War ordentlich was los heute, nicht wahr?", fügte ich freundlich hinzu. „Und Sie haben den Betrieb ganz allein bewältigt."

„Normalerweise kein Problem", entgegnete sie bereitwillig, „wenn nötig hilft meine Schwägerin, aber heute hat sie selbst viel im Hotel zu tun, viele Radwanderer sind für eine Nacht bei uns abgestiegen. Übrigens, wenn Sie ein wenig Zeit haben, dann schauen Sie sich doch in unserer Stadt einmal um."

Hoppla, hatte sie Stadt gesagt? Das dürfte wohl bei den paar Häusern mit Kirche ein wenig hochgestapelt sein. Als wir sie verwundert anschauten, erklärte sie lächelnd, dass Schnackenburg mit seinen sechshundert Einwohnern die kleinste Stadt Niedersachsens sei. „Aber es gibt ein Rathaus und einen Bürgermeister", erklärte sie stolz, „eine eigene Verwaltung und einen Gemeindevorstand. Zudem einen Sportverein, einen Musikverein und eine Bücherei, damit sind die Kriterien für ein Stadtrecht erfüllt. Vor der Wende hatte Schnackenburg durch die Zollstation eine große Bedeutung, aber danach wurde es leider still im Ort, viele Bürger, vor allem die Jungen zogen weg. Nun aber kommen zum Glück vermehrt die Radwanderer und es geht wieder aufwärts. In der ehemaligen Zollstation ist übrigens ein Museum untergebracht, es lohnt sich, es zu besuchen. Man kann darin einiges über die Geschichte der Stadt erfahren."

Wir waren von der schwärmerischen Begeisterung, mit der sie dies vortrug, angenehm überrascht, für einen so jungen Menschen wie sie war das eher ungewöhnlich. Sie schien mit ihrem Heimatort fest verwurzelt zu sein.

„Sie wohnen gern hier", stellte ich fest. „Mit ihrer Familie, nicht wahr?"

„Oh, ja, mit meinem Bruder", sie lächelte Richtung Grill, wo der junge Mann gerade mit Aufräumen beschäftigt war. „und mit seiner Frau, meiner Schwägerin. Wir betreiben mit unseren Angestellten zusam-

18

men das Hotel „Zum Elbgrund", das einzige Hotel im Ort, und diesen Biergarten hier."

„Apropos „Zum Elbgrund", hakte Peter ein, „wir haben dort ein Doppelzimmer für diese Nacht reservieren lassen. Wo finden wir dieses Hotel?"

„Oh", meinte sie und schaute Peter bedauernd an. „Ich fürchte, diese Nacht ist es total ausgebucht, es kamen mehr Übernachtungsgäste als gedacht, wir sind nun einmal das einzige Hotel weit und breit. Aber keine Sorge, unser ehemaliges Schulhaus ist für Gäste eingerichtet. Sie werden sich dort ganz sicher auch wohl fühlen."

Peter bezahlte, an seiner Nasenwurzel hatten sich zwei unwillige, senkrechte Falten gebildet, kein Wunder, schließlich hatte er schon vor Wochen im „Zum Elbgrund" ein Doppelzimmer reservieren lassen.

„Wie reizend, Peter", warf ich schnell ein, um seinen sichtbaren Ärger etwas zu überspielen. „Ein altes Schulhaus. Das wird eine ganz neue Erfahrung für uns werden."

„Toll", meinte Peter mit unüberhörbar spöttischem Unterton. „Und wo finden wir dieses „Alte Schulhaus?"

„Sie können es nicht verfehlen", meinte die junge Bedienung, Peters Ärger übersehend. „Wenn Sie auf der Straße, auf der Sie wahrscheinlich gekommen sind, ein Stück hinauffahren, dann werden Sie es gegenüber der Kirche finden. Ich rufe gleich dort an, damit jemand da ist, wenn Sie kommen. Ich wünsche Ihnen einen schönen Aufenthalt in unserer Stadt, eine erholsame Nacht und, wenn Sie morgen weiterreisen, eine gute Fahrt."

Das „Alte Schulhaus" lag wie erklärt gegenüber der Kirche, wir hätten es eigentlich vorhin sehen müssen, wurden aber anscheinend von der Kirche davon abgelenkt. Es war ein schlichter, einstöckiger Ziegelbau mit vielen Fenstern, natürlich, ursprünglich war es ja eine Schule. Zur hübschen, zweiflügligen Eingangstür, deren oberer Rundbogen verglast war, führten beidseitig mit schlichten Geländern versehene Steintreppen hinauf. Oben, auf dem Treppenabsatz stand eine mit Margeriten und feinblättrigen, gelbgrünen Efeu bepflanzte Wanne, das Efeu fiel üppig durch das Geländer die Treppenmauer herab und verdeckte fast das weiße Schild mit dem etwas altmodischem Schriftzug, *„Alte Schule"*. Zwar wirkte das recht nett und einladend, aber der richtige Eingang konnte hier nicht sein.

Wir schoben unsere Räder an einem das Gebäude umgebenden, hohen Metallzaun entlang und bogen dann links in einen breiten, festgefahrenen Weg ein. Dort sahen wir ein Tor, dessen seitliche Tür offen stand, so dass wir unsere Räder in einen großen Hof, wohl der ehemalige Schulhof, schieben und vor einem Hintereingang abstellen konnten. Wir stiegen die wenigen Stufen zum Eingang hinauf und, weil keine Glocke oder dergleichen zu sehen war, betraten einen schmalen, hell gefliesten Flur. Über zwei weitere Stufen gelangten wir in eine Art Eingangshalle und standen erneut vor dem Haupteingang, dieses Mal jedoch von innen. Niemand war zu sehen, schon wollten wir uns mit Rufen bemerkbar machen, als eine ältere Frau auftauchte. Sie kam durch eine Tür des etwas erhöht liegenden Bereichs, auf dem sich drei lange Holztische und Bänke befanden, im Hintergrund war eine kleine, schlichte Küchenzeile zu sehen.

„Guten Tag", sagte sie und schaute uns kritisch an, ich fühlte mich sofort zurechtgewiesen, zumal unsere festen Schuhe, Socken und Hosen immer noch sichtbare Spuren unserer Irrfahrten aufwiesen. Peter störte sich weniger daran, er hatte in dieser Beziehung eine weitaus dickere Haut wie ich, und das war gut so.

„Hallo", grüßten wir, Peter nannte unseren Nachnamen und meinte nicht ohne Vorwurf: „Wir haben schon vor Wochen ein Doppelzimmer im Hotel „Zum Elbgrund" bestellt, trotzdem ist es voll belegt und so hat man uns hierher geschickt. Im Übrigen ist dieses ehemalige Schulhaus nicht als Hotel beschildert und deshalb nicht leicht zu finden."

Während die Frau ungerührt des unüberhörbaren Vorwurfs unsere Namen in ein Gästebuch eintrug, betrachtete ich sie, wie ich glaubte unauffällig. Sie war vollschlank und hatte strenge Züge, ihr dunkelgraues, glattes Haar war straff nach hinten gebürstet und zu einem Dutt geknotet, der wadenlange, dunkle Rock, die gestärkte, weiße Leinenbluse mit dem Reverskragen, die Nylonstrümpfe- meine Güte, wer trägt denn heutzutage noch sowas - und die Pumps mit den flachen Absätzen, ihre ganze Erscheinung ließ unwillkürlich an eine gestrenge Schulleiterin denken.

Sie musste meinen Blick gespürt haben, denn als sie aufsah, fixierte sie mich streng. „Mein Name ist Frau Liebknecht", verriet sie, „sie sind die einzigen Gäste heute Nacht, dennoch müssen einige Regeln beachtet werden. Um einundzwanzig Uhr ist das Haus geschlossen, dann muss in den Zimmern Ruhe herrschen. Die Räume sollten während der Nacht nicht verlassen werden, denn wenn sich Gäste verirren, verursacht dies viel Unruhe. Selbstredend darf in den Zimmern nicht geraucht, Alkohol getrunken oder laute Musik gehört werden."

Peters Gesicht sprach Bände, ich befürchtete schon, er würde losprusten oder sich gleich wieder dankend verabschieden. Ehe er etwas Unüberlegtes sagen oder tun konnte, meinte ich schnell: „Nein, nein, wir sind Nichtraucher und sehr müde, wir werden bald schlafen gehen. Wann können wir denn morgen frühstücken? Wissen Sie, wir wollen möglichst die kühlen Morgenstunden zum Radeln nutzen."

„Ab sieben Uhr", meinte sie, meinen Mann streng von Kopf bis Fuß musternd, natürlich konnte ihr das, was sie sah nicht gefallen. „Der Frühstücksraum befindet sich gegenüber, wie Sie sehen. Ich bringe Sie jetzt in ihr Zimmer hinauf, danach können Sie ihre Räder in den Schuppen bringen und ihr Gepäck holen. Der Schuppen ist gleich neben dem Eingangstor, durch das Sie gekommen sind."

Die Rektorin, den Spitznamen hatte sie nun bei uns weg, führte uns über eine breite, gewienerte Holztreppe in den ersten Stock hinauf, dann durch einen langen, mit Linoleum verlegten Flur, in dem sich, wie in Hotels oder Schulen üblich, viele Türen zu beiden Seiten befanden. Eine davon schloss sie auf und ließ uns in ein hohes, kahles Zimmer eintreten.

„Der Schlüssel passt auch für die Hintertür und den Schuppen, in den Sie ihre Räder bringen können, er muss während der Nacht abgeschlossen werden", meinte sie und legte einen großen Bartschlüssel auf einen kleinen, schlichten Holztisch. „Bitte benutzen

Sie die Toilettenspülung nur sparsam, nachts rauscht sie allzu laut und störend durchs Haus." Noch einmal bedachte sie uns mit einem mahnenden Blick, wünschte eine gute Nacht und verschwand."

„Mann, oh Mann", stöhnte Peter und stellte seine Satteltasche auf einem Bänkchen ab. „Ich lasse mir ja so einiges gefallen, aber das schlägt nun doch dem Fass den Boden aus."

Wir sahen uns an und prusteten unwillkürlich los, wir hofften nur, die Rektorin war schon außer Hörweite, sie und das Gebäude hatten etwas dermaßen abstrakt Unwirkliches, das man glauben könnte, wir wären im vorigen Jahrhundert gelandet. Aber gut, wir waren mit dem Fahrrad unterwegs und wollten Land und Leute kennenlernen, da muss man eben, wie bereits erwähnt, auf alles gefasst sein.

Das Zimmer war groß und sehr schlicht und sparsam möbliert, was in einem alten Gemäuer, zudem in einem alten Schulhaus nicht wunderte. An den nackten Wänden standen getrennt voneinander die mit weißem Bettzeug versehenen Betten, dazwischen ein schlichter, zweitüriger Schrank und das bereits erwähnte Bänkchen. In der Mitte des Raums stand etwas verloren ein kleines Tischchen, auf dem der große, eiserne Zimmerschlüssel lag, davor zwei Stühle. An den zwei hohen Fenstern hingen weißleinene Vorhänge zum Zuziehen, ein Blick hinunter zeigte einen kahlen, von einer grauen Mauer umgebenen Schulhof und links, neben dem Eingangstor mehrere Schuppen, in einen davon durften wir wohl die Räder unterstellen.

Nebenan das Bad war weiß gefliest und hatte eine Duschwanne mit einem Duschvorhang, sowas gibt es also immer noch. Über der Toilette befand sich ein Wassertank mit einer museumsreifen Ziehvorrichtung, die Spülung musste des Nachts tatsächlich durch ihr Rauschen Tote aufwecken, befürchtete ich. Keine Frage, wir waren in einem Museum gelandet, wenn auch in einem peniblen sauberen.

Nachdem wir uns etwas frisch gemacht hatten, verließen wir das Zimmer. Peter verschloss die Tür und ich verstaute den großen Eisenschlüssel in meine Lenkertasche, die ich während der Tour statt meiner Umhängetasche stets bei mir hatte, dann schlichen wir wie zwei Primaner, die generell ein schlechtes Gewissen haben, wenn sie auch meist nicht wissen wieso, durch das stille, ehrwürdige Gebäude und zur Hintertür hinaus. Wir brachten unsere Räder in den Schuppen und ahmten dabei, uns vor verhaltenem Lachen krümmend, die belehrende Tonlage und die Mimik der Rektorin nach, mit denen sie uns empfangen hatte.

„Verhalten Sie sich still", lästerten wir und wischten uns die Lachtränen aus den Augen. „Sie werden doch nicht etwa rauchen?" „Benutzen Sie die Klospülung nur wenn nötig." „Um einundzwanzig Uhr ist unser Haus geschlossen und es muss absolute Stille herrschen."

Noch war genug Zeit, um uns einen kleinen Bummel durch Niedersachsens kleinste Stadt zu erlauben.

In der Tat gab es einen hübschen Ortsmittelpunkt, einen gepflasterten Platz, der auf einer Seite von dichtem Buschwerk und niedrigen Bäumen begrenzt war und sich in der Mitte eine schöne Buche erhob, um deren Stamm eine Bank verlief, hölzerne Abfallkörbe befanden davor. Eines der größeren, einstöckigen, ziegelgemauerten Gebäude am Platz fiel durch seine hübsche Bemalung und den reich mit Geranien geschmückten Fenstern ins Auge, über der schön bemalten, zweiflügligen Eingangstür, zu der beidseitig Stufen hinaufführten, befand sich der verschnörkelte Schriftzug, *Rathaus*. Der Mercedes davor mochte wohl dem amtierenden Bürgermeister gehören. Das Haus daneben, ebenfalls ziegelgemauert und offensichtlich erst kürzlich restauriert, war das Hotel „Zum Elbgrund", das einzige Hotel weit und breit, wie wir wussten, in den Ständern davor waren viele Fahrräder abgestellt. Im Hotelrestaurant aßen wir zu Abend und stellten dabei fest, dass es hier ungleich gemütlicher gewesen wäre, wie im „Alten Schulhaus".

Danach bummelten wir zur Elbe hin. Am Ufer stand die von der netten Bedienung erwähnte, ehemalige Zollstation, ein kleines, gleichfalls ziegelgemauertes, mit blanken Fenstern und einer dunkelgrün gestrichenen Eingangstür versehenes Fachwerkhaus. Über dem Eingang stand auf einem feinbearbeiteten Brett: FISCHERHAUS–GRENZLANDMUSEUM. Auf dem kiesbelegten Absatz davor befand sich eine gelb-schwarz-rotgestreifte Zollsäule, auf dem Schild daneben konnte man sich über die einstige Bedeutung der Zollstation informieren. Gern hätten wir uns im kleinen Museum umgesehen, aber wir hätten die Glocke neben dem Eingang betätigen müssen und dazu war es zu spät, unsere gestrenge Gastgeberin hätte bestimmt kein Verständnis dafür, wenn wir zu spät heimkämen. Wie man sieht fruchtete ihre Strenge bereits.

Wir standen noch ein Weilchen am sandigen Ufer, verfolgten mit den Blicken ein vorbeirauschendes Boot und entdeckten am jenseitigen Ufer ein weiteres Zollhäuschen, nicht weit davon entfernt zwei Wachtürme, die wie Mahnmale an eine erbarmungslose Diktatur aufragten. Einst haben Soldaten darauf gestanden, haben nach Republikflüchtigen Ausschau gehalten und womöglich auf sie geschossen. Aber das ist zum Glück schon lange her.

Wir wollten schon gehen, als Peter den großen, blanken Findling im Gras sah, Felssteine hatten wir immer mal auf den Deichen oder Flussufern gesehen, sie zeigten in der Regel die Hochwasserstände vergangener Jahre und Jahrzehnte an, dieser Stein jedoch war ein Gedenkstein an einen ertrunkenen Menschen.

Peter las die Inschrift darauf laut vor: *Marlies Martens, zuletzt gesehen am 18. November 1989, am 26. November, einige Kilometer stromabwärts, am linken Elbufer geborgen. Marlies wurde siebzehn Jahre alt.*

„Armes Mädel", meinte ich mitfühlend. „Sie war noch so jung."

„Nun, ja, es ist schon lange her, knappe 25 Jahre", stellte Peter fest. „An einem Fluss wie diesen ertrinken immer wieder mal Menschen. Klar, wenn es sich um einen so jungen Menschen handelt ist es besonders tragisch."

Nicht weit entfernt sahen wir auf unserer Elbeseite einen stattlichen Aussichtsturm aus dem saftigen Grün aufragen, von dort aus könnte man, wenn noch Zeit wäre sehr gute Fotos machen. Aber, leider, es dämmerte schon, höchste Zeit sich auf den Heimweg zu machen. Wir wollten ja unsere gestrenge Rektorin nicht verärgern.

Als wir im Schuppen unsere Satteltaschen holten, sahen wir, dass sich zu unseren Rädern ein Sportfahrrad gesellt hatte, also war noch ein Gast eingetroffen.

Wir schlichen in unser Zimmer und duschten wegen des lauten Rauschens in den Wasserleitungen möglichst kurz, was ganz und gar nicht unserer Gewohnheit entsprach, schon gar nicht nach einem langen Wandertag. Peter überlegte, ob wir die Betten doch noch zusammenschieben sollten, aber weil dies nicht gänzlich lautlos geschehen konnte, verzichteten wir lieber darauf, egal, ist ja nur für eine Nacht. Wir schlüpften in unsere gestärkten, weißleinenen Betten und waren bald darauf tief und fest eingeschlafen.

Traum oder Wirklichkeit

Ich weiß nicht, was mich weckte, vielleicht der Mond, der hell und rund durch die Fenster hereinschien. Peters gleichmäßiges Schnarchen konnte es nicht gewesen sein, daran war ich gewohnt. Aber waren da nicht leise Geräusche vor unserer Zimmertür? Wer sollte sich jetzt noch draußen, auf dem Flur aufhalten?

Nun, um ehrlich zu sein bin ich von Natur aus nicht mutig, aber ziemlich neugierig. Ich schlich, um Peter nicht zu wecken, auf Zehenspitzen zur Tür, drehte vorsichtig den Schlüssel um und öffnete sie einen Spalt. Der Flur lag still und leer im fahlen Licht des Mondes, das durch das Fenster am Ende des Flurs hereinfiel, aber war da nicht ein wehendes, flüchtiges Etwas, dass eben um die Ecke zum Treppenhaus hin verschwand? Und war da nicht von dort ein verhaltenes Wispern und Flüstern zu vernehmen. Ich tapste vorsichtig und mit bangem Gefühl zur Treppe, wäre blöd, wenn plötzlich die Rektorin vor mir stände. Egal, den Kopf wird sie mir nicht gleich abreißen, schließlich bin ich Gast in diesem Haus. Jedenfalls scheine ich nicht die einzige zu sein, die sich nicht an die Hausordnung hält. Auf dem Treppenabsatz stehend spähte ich zum dunklen, verlassenen Eingangsbereich hinunter und sah abermals einen Hauch von Weiß in einem Flur verschwinden. Ich tastete mich nach unten, die Rektorin war mir jetzt egal, schließlich bin ich kein Schulmädel mehr, das sich einschüchtern lässt. In der Eingangshalle lugte ich in den dunklen Gang hinein, in dem das weiße Etwas, was immer es auch gewesen sein mochte, verschwunden ist. Da hörte ich Stimmen, ja richtig, lebhafte, verhaltene Mädchenstimmen. Merkwürdig. Neugierig schlich ich auf Zehenspitzen in den Gang hinein und blieb lauschend vor der Tür stehen, hinter der sich den Stimmen nach eine ganze Schulklasse aufhalten musste. Ich verstand nicht viel und wollte schon gehen, als die Tür aufging und ein blondes Mädel vor mir stand. „Da bist du ja", meinte sie freundlich und hielt einladend die Tür auf. „Komm doch herein, ich habe schon auf dich erwartet."

Verdutzt trat ich ein und befand mich in einem hellen Klassenraum, vorne das obligatorische Lehrerpult und eine große Tafel, der Fensterreihe gegenüber Regale mit allerlei Krimskram und ein großes Plakat, auf dem der afrikanische Kontinent abgebildet war. In den Bänken saßen Mädchen von ungefähr siebzehn oder achtzehn Jahren, sie drehten sich mir zu, um gleich wieder mit ihrem Disput fortzufahren.

Ich fühlte mich unwohl, die Situation wirkte seltsam fremd und unwirklich.

Das blonde Mädchen, das mich einließ, wirkte überaus zart und zerbrechlich, ihre Bewegungen waren langsam, wie verzögert, das halblange, blonde Haar fiel ihr feucht und strähnig in das bleiche Gesicht und auf die schmalen Schultern, sie trug ein weißes, wadenlanges Gewand, das unwillkürlich an ein Totenhemd erinnerte. Zögernd und möglichst leise, um nicht zu stören, setzte ich mich auf die letzte Bank, die sie mir freundlich zuwies. „Schön, dass du da bist", raunte sie mir dabei zu.

Ich schaute zu, wie sie sich auf eine der vorderen Bänke niederließ. Ich hätte schwören können, ich kannte sie nicht, war ihr nie zuvor begegnet. Und doch schien sie mir seltsam vertraut.

Meine Aufmerksamkeit wurde auf ein ungewöhnlich hübsches Mädchen gelenkt, das sich erhoben hatte. Es hatte eine schmale, gut entwickelte Figur und kastanienbraunes, halblanges Haar. „Marlies hat einfach überreagiert", meinte sie ein wenig ärgerlich. „Sie war doch sonst nicht zimperlich, weder mit sich selbst, noch mit anderen. Wir waren alle keine Engel."

„Du hättest Kaspar in Ruhe lassen sollen, Simone". meinte ein etwas dickliches Mädchen mit einer Brille auf der kleinen Stupsnase vorwurfsvoll. „Dann hätte es nicht soweit kommen müssen. Du musstest es wieder einmal auf die Spitze treiben."

„Glaub mir, Marlies", meinte ein anderes Mädel mit einem Pagenhaarschnitt und einem dichten Pony, sie schaute dabei das seltsame, blonde Mädchen, das mich einließ, bedauernd an, „wir wussten nicht, was wir taten und dass es dir gar so ernst war mit Kaspar."

Das seltsame Mädchen hieß also Marlies, sie antwortete nur mit einem leichten Kopfnicken.

„Aber warum hat ihr keine geholfen", ließ sich ein Mädchen aus der dritten Bankreihe mit anklagender Stimme vernehmen. „Warum hat ihr keine einen Tipp gegeben oder hat sie gewarnt? Waren wir zu feige dazu, zu unüberlegt oder wollten wir nur cool sein? Keine hat ihr geholfen. Keine einzige!"

„Das Lamentieren nützt jetzt auch nichts mehr", meinte die hübsche Simone bestimmt, sie hatte ein hochmütig dominantes Wesen, was ihr großer, sinnlicher Mund und die dunkelbewimperten, braunen Mandelaugen leicht vergessen machten. „Marlies machte jeden Spaß mit und vertrug normalerweise jeden Spaß, keiner konnte ahnen, dass sie derart reagieren würde. Aber dass du sie wegen der Ordner bei Frau Demuth hingehängt hast, Heike, das fand ich schon recht krass, muss ich sagen."

„Aber du hast Kaspar schöne Augen gemacht, Simone, als du ihm den Blumenstrauß übergabst", beklagte sich das angesprochene Mädchen in der dritten Bankreihe und schaute sich Unterstützung suchend um. „Außerdem, was stand auf dem Zettel, den du ihm gabst? Ich hätte gern gewusst, warum er so wütend wurde, dass er gleich wieder mit der nächsten Fähre zurückfuhr."

„Ausgerechnet du willst das wissen, Heike", parierte Simone spöttisch lächelnd, „du, die schnell dabei ist, wenn es gilt andere hereinzulegen, nicht wahr? Aber wenn es darauf ankommt Farbe zu bekennen, da fehlt dir der Mumm, da machst du dich ganz klein. Du hast

36

doch die Ordner mit den Arbeiten verschwinden lassen, damit Marlies sie nicht finden und ins Archiv zurückbringen konnte, nicht wahr? Als sie daraufhin Hausarrest bekam und nicht dabei sein konnte, als der halbe Ort die Leute von Drüben begrüßte, da hättest du spätestens einlenken und die Ordner zurückbringen müssen. Du hast kein Recht mir Vorwürfe zu machen!"

„Okay, das war von uns allen so abgesprochen und geplant", meinte ein rotblondes Mädchen mit einem reichlich mit Sommersprossen besprenkelten Gesicht besänftigend. „Aber nicht, dass du Kaspar gegen Marlies aufhetzten sollst, Simone. Das war gemein, das hättest du nicht tun sollen. Gib ruhig zu, dass du ein Auge auf ihn geworfen hast, er hat dir gefallen, nicht wahr? Er war ja auch ein echt fescher Bursche."

Der Stimmung wurde hitziger, aggressiver, vor allem die schöne, hochmütige Simone musste sich immer mehr gegen die Angriffe der anderen wehren. „Kaspar war mir im Grunde egal", verteidigte sie sich, „es ging mir lediglich um den Spaß. Ja, meine Güte, den hatten wir alle. Wenn ich nur daran denke, wie schadenfroh ihr ward, als Marlies eingesperrt wurde. Überhaupt, Laura?", wandte sie sich jetzt an das sommersprossige Mädel. „Hattest du nicht die geniale Idee, Marlies tüchtig hereinzulegen, weil du schon immer neidisch auf sie warst? Marlies wurde immer bevorzugt, ihr fiel alles leicht, ihr flog alles zu, das konntest du nicht ertragen, nicht wahr?"

Ich fühlte mich unwohl, wie ein Zaungast, der unfreiwillig einer sehr persönlichen Auseinandersetzung lauschen musste.

„Trotzdem, Simone", wollte das brünette Mädel beharrlich wissen, „was hast du Kaspar gesagt, als du ihn begrüßtest. Warum ist er, nachdem du ihm den Zettel gabst, ohne einen Blick zurückzuwerfen über den Fluss zurückgekehrt. Und was stand auf dem Zettel, Simone?"

Zum ersten Mal wirkte die hochmütige Simone ein wenig unsicher. „Nur dass Marlies verhindert ist, Gerda, weiter nichts", meinte sie etwas kleinlaut.

„Und was sagtest du ihm, warum sie verhindert ist, Simone?", fragte das sommersprossige Mädel beharrlich. „Vor allem, was stand auf dem Zettel, den du ihm gabst? Waren es womöglich die Verse, die Marlies so wichtig waren, dass sie sie immer bei sich trug? Hast du sie ihr weggenommen?"

„Moment mal", entgegnete Simone unwillig. „jetzt tut ihr gerade so, als wäre ich alleine schuld, aber ihr habt mich doch dazu angestiftet. Ja, keine Frage, es war spannend Schicksal zu spielen, aber es hat nicht nur mir Spaß gemacht, nicht wahr? Wenn ihr ehrlich seid, auch euch. Wir haben einfach nicht nachgedacht, aber keine von uns konnte absehen, was dann geschah, ihr nicht und ich auch nicht!" Sie setzte sich und fing leise zu weinen an.

Mir war längst klar, dass ich mich entweder unter Gespenstern oder in einem Albtraum befand. Ich wollte aufstehen und hinausgehen, aber Marlies sanfter Blick hielt mich magisch fest.

Als die Mädchen aufstanden und, mir freundlich zunickend oder zulächelnd still hinausgingen, blieb sie bei mir stehen, schaute mich ernst an und sagte mit sanfter, eindringlicher Stimme: „*Er muss wissen, dass ich ihn geliebt habe.* Wir waren uns so gut, dann ging er ohne ein Wort des Abschieds fort. Die Murmel, die ich ihm schenkte, ein kleines Zeichen meiner Liebe, warf er in den Staub, wie man mir sagte. Ich suchte nach ihr, konnte sie aber nicht finden. Sie war ihm nichts wert, so wenig wert wie meine Liebe."

Das klang so unsagbar traurig, ich wollte sie trösten und konnte sie doch nur still bedauernd anschauen.

„Er muss wissen, dass ich ihn geliebt habe", betonte sie noch einmal, dann ging auch sie.

Der Sportradler

Ich kann nicht sagen, wie ich in unser Zimmer kam, jedenfalls erwachte ich am frühen Morgen in meinem Bett. Ich hörte die Dusche rauschen, Peter war also schon im Bad.

„Er muss wissen, dass ich ihn geliebt habe", kam mir als erstes in den Sinn. Oh, armes Ding, was weiß ein siebzehnjähriges Mädel schon von der Leidenschaft und Kurzlebigkeit der ersten Liebe? Dein Bursche ist inzwischen ein Mann und steht mitten im Leben, er hat dich längst vergessen.

Im Frühstücksraum roch es einladend nach Kaffee und frischen Brötchen. Wir waren nicht die ersten, an dem für drei Personen gedeckten Tisch saß bereits ein Mann von ungefähr vierzig Jahren. Im Gegensatz zu unsern Shorts und T-Shirts trug er professionelle Fahrradbekleidung, das Sport-Fahrrad, das wir gestern Abend im Schuppen gesehen haben, musste demnach ihm gehören. Wir setzten uns zu ihm, er erwiderte freundlich unseren Gruß und während uns die Rektorin den Kaffee brachte erkundigten wir uns, wie bei

Radfahrern üblich, nach seinem Woher und Wohin. Er meinte, er hätte eine Spritztour die Mulde entlang gemacht, nicht das erste Mal, aber dieses Mal konnte er nicht umhin einen kleinen Abstecher über seine alte Heimat zu machen. Er wäre seit einer Ewigkeit nicht mehr hier gewesen.

„Nun, ja", meinte Peter neidisch seine sportliche Erscheinung betrachtend, „jetzt, da wir älter sind, sind wir nur noch Spaßradler. Uns liegt nichts mehr daran möglichst viele Kilometer runterzuradeln, stattdessen wollen wir Land und Leute kennenlernen."

„Das Land und die Leute hier kenne ich zur Genüge", meinte der Sportradler lächelnd. „Ich bin hier aufgewachsen, wissen Sie, vor der Grenzöffnung war ich drüben in Lütgenwisch Grenzsoldat. Danach ging ich weg, aber nicht in den Westen, Gott bewahre. In Schnackenburg bin ich das erste Mal, genau genommen das zweite Mal, ich hätte nicht gedacht, dass ich noch einmal herkomme. Vielleicht hätte ich es auch sein lassen sollen." Bei unseren erstaunten Blicken fügte er hinzu. „Eine schmerzliche Erinnerung, wissen Sie. Aber andererseits, nach all den Jahren musste ich herkommen. Es hat mich förmlich hergezogen."

Ich dachte, da er ein Grenzsoldat gewesen ist, müsse es sich um einen Flüchtigen gehandelt haben, den er eventuell verletzt oder gar getötet hat. „Das tut mir leid", meinte ich und genehmigte mir noch ein Brötchen, „aber manchmal hilft es, sich mit dem, was war auseinanderzusetzen. Vielleicht gibt es Menschen hier, die Sie besuchen und mit denen Sie über damals reden könnten?"

Er schaute mich einen langen Augenblick sinnend an, vielleicht war ich zu weit gegangen und war ihm zu nahe getreten, was gingen mich auch die Geschichten wildfremder Leute an. Er aber nickte und murmelte:

„Wahrscheinlich haben Sie recht. Ich sollte ihre Familie besuchen."

„Eine Frau also", dachte ich und bediente mich von der Marmelade und dem Weichkäse. Die Rektorin stellte die frischgefüllte Kaffeekanne auf den Tisch.

Ich beobachtete den Mann neben mir ein wenig. Er war ein guter Typ, stellte ich fest, mit dichtem, dunkelblondem Haar, energischen, sympathischen Gesichtszügen und kräftigen, arbeitsgewohnten Händen. Ich wollte mehr von ihm wissen und fragte, während ich ein Ei köpfte, ob er von dem Drama wisse, das sich zur Zeit der Grenzöffnung hier ereignet hatte. Hinter der einstigen Zollstation, jetzt ein kleines Museum, steht am Elbufer ein Gedenkstein, auf dem zu lesen ist, dass zur Zeit der Grenzöffnung hier ein siebzehnjähriges Mädchen ertrunken sei. „Eigentlich müssten Sie davon gehört haben?", fügte ich hinzu.

Die Rektorin, die gerade nach uns schaute, meinte: „Oh, ja, daran erinnere ich mich gut, sie war Schülerin in dieser Schule. Man hatte angenommen, es könnte eine Liebesgeschichte gewesen sein, aber aufgeklärt wurde das nie. Die Kleine war die Tochter des hiesigen Hotelbetreibers Martens, ein sehr liebes und begabtes Mädel. Aber dann vernachlässigte sie ihre

Aufgaben und wurde unzuverlässig, was ich sehr bedauerte, denn ich mochte sie sehr."

Die Rektorin setzte sich zu uns und erzählte von damals, von der Geschichte, die sie immer noch zu berühren schien, was nicht wunderte, der Tod einer Schülerin muss in jeder Schule und überhaupt eine große Katastrophe sein.

„Jedenfalls bekam sie Hausarrest wegen wiederholter Unzuverlässigkeit", fuhr die Rektorin ungewohnt gesprächig fort. „Ich weiß es noch wie heute, es war der Tag der Grenzöffnung. Alle Schnackenburger Bürger, junge wie alte, erwarteten bei der Zollstation die Leute, die mit der Fähre herüberkamen, um sie willkommen zu heißen. Die Fähre war für die vielen, die herüberkamen viel zu klein und zu langsam. Es war unbeschreiblich, der Bürgermeister begrüßte jeden Ankommenden mit Handschlag, Blumen wurden überreicht und für jeden gab es einen Willkommenstrunk. Die Schulkinder bekamen frei, nur Marlies musste im Schulhaus bleiben. Allerdings musste sie den Trubel am Elbufer und später im Ort gehört haben. Aber das konnte das arme Ding unmöglich veranlasste haben, in die Elbe zu gehen. Ernsthafte Probleme hatte sie angeblich nicht, es sei denn, sie hatte sich tatsächlich unglücklich verliebt. Aber nun ja, das ist schon lange her und wird wohl für immer ihr Geheimnis bleiben.“

Ich achtete nicht auf den Mann neben mir, erst als er schweratmend sein Besteck beiseitelegte und seine braungebrannten, muskulösen Hände anfingen zu zittern wurde ich aufmerksam. Der Mann war bis in die Haarwurzel erblasst, er stand auf, wankte, setzte sich wieder und murmelte. „Marlies Martens, sagten Sie war ihr Name?“

Die Rektorin schaute ihn betroffen an und meinte: „Ja, das war ihr Name, Marlies Martens.“

Der Mann wischte sich, wie von einem plötzlichen Schwindel befallen oder schlimme Gedanken wegwischend mit der Hand über die Stirn „Aber das ist doch nicht möglich. Marlies? Meine Marlies? Aber warum? Warum? Warum?“

Eine erste schlimme Ahnung wurde jetzt zur Gewissheit, zwischen dem Traum in der Nacht und diesem Mann hier musste es irgendwie einen Zusammenhang geben. „Sie sind Kaspar, nicht wahr?“, fragte ich aufs Geradewohl. Er nickte unmerklich, ich spürte Peters fragenden, erstaunten Blick.

„Oh Marlies, meine Marlies. Meine unglückliche, kleine Marlies. Verzeih mir.“ Das klang so verzweifelt, so hoffnungslos, dass ich ganz leicht meine Hand auf die seine legte. „Warum sind Sie weggegangen, Kaspar? Ohne mit ihr geredet zu haben", fragte ich behutsam.

„Oh, Gott, warum ging ich weg, ich flüchtete förmlich. Warum habe ich nicht mit ihr geredet? Marlies wollte nichts mehr von mir wissen, sie ließ es mich durch ihre Freundin wissen. Sie kam nicht einmal selbst, um es mir zu sagen."

Er kramte eine Glasmurmel aus einer der Taschen seines Sporthemdes hervor und betrachtete sie wehmütig, dann fing er zu erzählen an, stockend, so als müsse er nach etwas tief in seinem Innern vergrabenen suchen. „Als meine Kameraden sahen, wie viele auf die Fähre wollten, waren sie geschockt, wussten nicht, was sie tun sollten, der Befehl lautete, jeden, der über die Elbe flüchten wollte zu erschießen. Ich aber war einer der Ersten, der die Fähre bestieg, die Freude, Marlies sehen und umarmen zu können übermannte mich. Die Fähre war so mit Menschen überladen, dass der Fährmann Sorge hatte, sie könnte untergehen. Drüben hießen uns viele Leute willkommen, auch Marlies Schulkameradinnen waren da, aber nicht Marlies. Ein hübsches Mädchen überreichte mir einen Blumenstrauß, ich achtete nicht darauf und schaute mich nur nach Marlies um, und weil ich sie nicht sah, fragte ich nach ihr. Das Mädchen, das mir den Strauß überreichte, meinte, dass Marlies nicht kommen würde, sie wolle, und das soll sie mir ausrichten, von mir in Ruhe gelassen werden."

Die Erinnerung schien ihn sehr zu schmerzen, immer wieder hielt Kaspar inne, um sich zu sammeln. „Als ich ihr nicht glaubte", fuhr er mit rauer Stimme fort, „behauptete sie, dass sich Marlies über meine Briefe lustig mache und gemeine Dinge über mich erzählen würde. Marlies und ich schrieben uns oft, wir schrieben über unsere Träume und Wünsche, die wegen der Kontrollen hinter banalen Alltäglichkeiten versteckt, nur wir verstanden. Wir schickten uns Bilder von unseren Familien, auf denen immer auch wir zu sehen waren, alles so harmlos wie möglich. Über die Elbe hinweg sahen wir uns und, wenn es die Umstände erlaubten, winkten uns zu. Jedenfalls sagte dieses Mädchen, sie hieß Siglinde oder Simone, glaube ich, sie sei Marlies beste Freundin und solle mir ausrichten, dass ich Marlies nicht weiter belästigen solle. Ich glaubte ihr nicht, schob sie grob beiseite, wollte Marlies suchen, ihr in die Augen sehen, doch da gab sie mir lächelnd einen Zettel, worauf mit meiner Handschrift eines meiner unbeholfenen Gedichte geschrieben stand. Ein Gedicht, wie es einem die Liebe eingibt und das nur für den einen Menschen bestimmt ist. Es lautete ungefähr so:

Mag der Fluss auch unbezwingbar scheinen,

die Liebe kennt weder Grenzen noch Zeiten.

Sie hat Flügel, baut Brücken über Nacht.

Die Liebe fürchtet nicht den Fluss und keine Macht.

Kasper betrachtete die kleine Glaskugel in seiner Hand wehmütig. „Ja", meinte er, „ich war empört und zutiefst enttäuscht, ich warf sie in den Staub, die vielen Füße der fröhlich lärmenden Menschen sollten sie in den Boden treten. Spät abends jedoch kam ich mit einer der letzten Fähren zurück und suchte sie, es war Marlies Murmel, sie hatte sie mir mit einem ihrer Briefe zukommen lassen. Ich buddelte sie aus dem festgetretenem Kies und polierte sie, bis sie glänzte und glitzerte wie eh und je. Ich begriff, sie ließ sich so wenig zerstören, wie sich meine Liebe zu ihr zerstören ließ. Aber ich war unsäglich verletzt und wollte nur eins, weg von hier und weg von ihr und sie möglichst schnell vergessen. Ich ging nach Lanz, weit genug von zu Hause weg, und arbeitete in einer Schreinerei. Wir wurden förmlich mit Aufträgen überhäuft, vor allem in den Innenstädten fand nach der Wende ein regelrechter Restaurierungs-Bum bei den Fachwerk-

48

häusern statt. Nach der Gesellenprüfung machte mich mein Chef zum Vorarbeiter und schließlich zu seinem Nachfolger, er selbst hat keine Kinder. Ich liebte meine Arbeit, brauchte dabei an nichts zu denken, nicht an zu Hause, nicht an mein Mädchen, das bestimmt geheiratet und Kinder hat, und nicht an meine Eltern, die mir davon berichtet würden. Ich wollte nichts wissen, ich wollte vergessen. Aber ich konnte es nicht wirklich, genauso gut hätte ich das Essen und Trinken und überhaupt das Leben vergessen können."

„Darf ich die Kugel einmal sehen, Kaspar?", fragte ich. Dass es schon längst über der Zeit war, in der Peter und ich aufbrechen wollten, daran dachte ich nicht. Auch Peter, der sonst sehr auf unseren Zeitplan bedacht ist, anscheinend nicht.

Kaspar gab mir die Murmel, es war eine kleine, blassgelb-glitzernde, durchscheinende, mit hellgrünen, unregelmäßigen Flecken besprenkelte Kugel, die mich unwillkürlich an einen algenbedeckten Bergsee denken ließ. Sogleich fielen mir Marlies letzte Worte oder eher ihre flehende Bitte ein: „*Er muss wissen, dass ich ihn geliebt habe.*" Schnell gab ich Kaspar die Murmel zurück.

Der Rektorin waren inzwischen Details eingefallen. „Seltsam erscheint mir heute", meinte sie nachdenklich, „dass man das Lehrmaterial, welches Marlies angeblich veruntreut hatte, später auf dem Rathausplatz in einem der Abfallkörbe fand. Marlies konnte sie dort nicht abgelegt haben, sie hatte ja aus den bekannten Gründen das Haus nicht verlassen. Ich verstehe nicht, dass uns das damals nicht aufgefallen ist."

„Die Bande hat euch einen schlimmen Streich gespielt", meinte Peter sachlich, die Geschichte ließ offenbar auch ihn nicht kalt. „Man muss ja kein Psychologe sein, um nicht zu wissen, wie Jugendliche ticken, schließlich waren wir auch mal jung, nicht wahr? Gerade in der Gruppe müssen sie sich Jugendliche hervortun und sich gelegentlich gegenseitig im Übermut und Leichtsinn übertreffen, da werden schon mal die möglichen Konsequenzen vergessen. Was ist eigentlich aus ihnen geworden, Frau Liebknecht?"

„Aus den Mädchen? Nun, ich weiß es nicht", meinte die Rektorin fast vertraulich. „Es war die letzte Klasse, die hier in der Schule unterrichtet wurde. Nach der Wende gingen viele junge Leute fort, um im Westen ihr Glück zu versuchen. Für die wenigen Schüler, die noch hier waren, rentierte sich die Schule nicht mehr, sie mussten mit Schulbussen nach Wittenberge, zu den dortigen Schulen gebracht werden. Von den Mädchen habe ich nichts mehr gehört, leider, aber ich hoffe, sie sind vernünftige Menschen geworden."

Peter, der wohl meine innere Anspannung bemerkt haben mochte, schlug zu meinem Erstaunen vor, noch einen Tag in Schnackenburg bleiben zu wollen, um sich das Städtchen und die Umgebung anzusehen. „Wir sind ja zum Glück flexibel", meinte er lächelnd. „Nachher rufe ich die Hotels an, in denen wir bereits Zimmer gebucht haben und bitte darum, dass sie unsere Buchungen um eine Nacht verschieben. Das ist im Allgemeinen kein Problem.

Mir kam das sehr gelegen, denn das wir heute Morgen, nachdem ich in der Nacht den seltsamen Traum hatte, -es musste ein Traum gewesen sein- ausgerechnet Kaspar in der Schule trafen, in der sein Mädchen just in der Stunde eingesperrt war, als er über den Fluss kam, um sie zu sehen, das konnte kein Zufall sein, so viele Zufälle gibt es nicht. Als auch Kaspar erwähnte heute noch hierbleiben zu wollen, um Marlies Grab und ihren Gedenkstein zu besuchen, vielleicht auch ihre Familie, da wusste ich, nun nimmt alles einen guten Lauf. Wer weiß, vielleicht ergab sich noch die Gelegenheit Marlies Bitte nachzukommen: *„Er muss wissen, dass ich ihn geliebt habe."*

Ich lächelte Peter dankbar an, später vielleicht werde ich ihm alles erzählen.

Wir besuchten die ehemalige Zollstation, jetzt ein kleines, liebevoll eingerichtetes Heimatmuseum. Die sorgsam zusammengetragenen Gegenstände darin erzählten anschaulich vom damaligen Leben an der Elbe, von den Fischern, dem Grenzverkehr und den von den DDR Zollbeamten peinlich durchgeführten Kontrollen. Auch vom heimlichen, bei Nacht und Nebel zwischen Ost und West durchgeführten Grenzverkehr erzählten sie, den die westdeutschen Beamten unterstützt haben, zumindest beide Augen zugedrückt haben mochten. Von der hilflosen Auflehnung der Schnackenburger und der Lütgenwischer gegen das Überwachungssystem der Demokratischen Republik zeugte zum Beispiel ein dickes Stahlseil, welches man laut den Informationstafeln durch den Fluss verlegt hatte, so dass anhand von wasserdichten Boxen, die auch zu besichtigen war, fleißig Nachrichten, Briefe und Päckchen aller Art den Fluss unter Wasser durchqueren konnten. Es machte staunen, wie viele immer schlauere Tricks ihnen eingefallen waren.

Nicht weit vom Museum entfernt sahen wir den Turm, der uns gestern aufgefallen war. Nun hatten wir die Zeit und die Gelegenheit hinzulaufen und von dort oben aus zu fotografieren. Wir spazierten auf einem Deich am Hafen entlang, einige Motorboote ankerten darin, dann durch die Marschwiesen hin zum Turm.

Er war fünf Etagen hoch und aus stabilen Balken erbaut. Auf jeder der Zwischenplattformen befand sich eine große Tafel, auf der mit wunderschönen Farbbildern und übersichtlichen, knappen Beschreibungen die umliegende, vielfältige Fauna und Flora dargestellt und erklärt wurde. Dreißig Holzstufen zählte Peter, er musste es wieder einmal genau wissen, dann waren wir oben und mussten uns verschnaufen, der traumhafte Ausblick jedoch entschädigte jede Mühe. Im Morgenlicht sah die Elbe wie eine silbern glänzende Schlange aus, die sich behäbig durch die saftgrüne Marschlandschaft schlängelt, von Süd-Westen kommend ein kleineres Flüsschen, dessen Bett sich kurz vor der Mündung zu einem natürlichen Hafen verbreitet. Zwischen den Flüssen erheben sich die Mauern von Niedersachsens kleinster Stadt Schnackenburg.

Nachdem wir fleißig fotografiert hatten, begaben wir uns wieder nach unten und zurück in den Ort.

Da wir uns gestern im Biergarten am Elbufer recht wohl gefühlt haben, wollten wir dort zu Mittag essen. Es waren nur wenige Leute da, und Kaspar. Er saß in der Laube, in der wir gestern auch schon saßen und winkte uns zu. Die junge Bedienung begrüßte uns freundlich und führte uns zu Kaspar in die Laube. Er sah entspannt aus, trug eine Sporthose und darüber ein leichtes Sommerhemd, anzunehmen, dass er heute nicht mehr weiterradeln wollte. „Bitte, setzen Sie sich zu mir", meinte er freundlich. „Ich habe zwar schon gegessen, aber ich würde Ihnen gerne Gesellschaft leisten, wenn es genehm ist"

Natürlich war es genehm.

Die freundliche Bedienung nahm unsere Bestellung entgegen, dieses Mal Rippchen mit Sauerkraut und Salzkartoffeln, dann fragte sie Kaspar, ob er einen Kaffee und ein Stückchen Apfeltorte haben möchte, sie sei eben aus dem Ofen gekommen und noch warm. Kaspar bejahte es schmunzelnd. „Sie heißt Anita und ist Marlies jüngere Schwester", erklärte er, als sie weg war. „Ich habe sie, ihren Bruder und dessen Frau heute Morgen im Hotel „Zum Elbgrund" besucht, sie leiten zusammen das Hotel, wie Sie vielleicht wissen. Sie haben mich mit offenen Armen, wie einen lang vermissten Freund aufgenommen, wir haben erzählt und geweint und es war, als wäre Marlies dabei. Danach bin ich auf den Friedhof zu Marlies Grab gegangen, ein liebevoll gepflegtes Grab übrigens. Ich habe lange Zwiesprache mit Marlies gehalten, habe sie um Vergebung gebeten, ob des geringen Vertrauens, dass ich in sie und ihre Liebe hatte. Ich bin im Zorn, ohne mit ihr geredet zu haben gegangen, habe jede Verbindung abgebrochen, das kann ich mir nie verzeihen. Aber ich habe sie geliebt, ich liebe sie immer noch und werde nicht aufhören sie zu lieben. Dabei wurde es ruhig in mir, ich spürte, es gibt keinen Groll zwischen ihr und mir. Können Sie das verstehen?"

Wir nickten verständnisvoll. War es nicht genau dass, was Marlies, das merkwürdige Mädchen letzte Nacht versucht hatte mir zu vermitteln?

Um Kaspars Mundwinkel huschte unmerklich ein wehmütiges Lächeln als er meinte: „Ich hätte längst kommen sollen, warum nur habe ich so lange gezögert. Hier, wo Marlies gelebt hat und gestorben ist, hier will ich sein."

Als die nette Bedienung unser Bestelltes brachte, hellten sich seine Züge wieder auf. „Guten Appetit", wünschte sie lächelnd. „Sag' es nur, Kaspar, wenn du noch einen Wunsch hast."

Es war nicht zu übersehen, die beiden mochten sich.

„Danke, Anita", meinte Kaspar und schnupperte genüsslich an seinem Kuchen. „Schon der Duft ist köstlich." Als sie ging, schaute er ihr nach. „Sehr patente, tüchtige, junge Leute, nicht wahr", meinte er bewundernd. „Die Kuchen und Torten werden übrigens in der Hotelküche hergestellt, der Küchenchef dort soll ein hervorragender Bäcker- und Konditormeister sein, seine Kuchen und Torten sind weit über Schnackenburg hinaus bekannt, wie man mir sagte. Ich werde mich nun selbst davon überzeugen.

Nachdem wir gegessen hatten, wollten auch wir uns davon überzeugen und bestellten bei Anita Kaffee und Apfeltorte. Als sie es brachte, wünschte sie einen guten Appetit und scherzte und lachte dabei mit Kaspar wie mit einem alten Freund.

Sie ging und ich konnte nicht umhin Kaspar nach ihren Eltern zu fragen, sie wurden bisher nicht erwähnt. Peter warf mir einen tadelnden Blick zu, er fand wohl wieder mal, dass ich zu indiskret bin, er kapiert einfach nicht den Unterschied zwischen Neugierde und Interesse. Kaspar jedenfalls hatte damit kein Problem, er meinte: „Nun, die Eltern haben wohl Marlies Tod nie überwunden. Man erzählte mir, dass sie einige Jahre nach dem Unglück ins Riesengebirge aufgebrochen sind, um dort zu wandern, das taten sie regelmäßig, niemand dachte sich etwas dabei, aber dieses Mal kamen sie nicht zurück. Man suchte und forschte lange nach ihnen, aber sie blieben verschollen, das Riesengebirge ist groß und unwegsam. Dass Herr Martens Schilddrüsenkrebs im fortgeschrittenen Stadium hatte, erfuhr man erst später, deshalb nahm man an, sie könnten mit Absicht im Riesengebirge den Tod gesucht und gefunden haben. Es musste damals für ihre Kinder eine ungemein schwere Zeit gewesen sein, aber die täglichen Aufgaben und Herausforderungen im Hotel haben sie zusammengeschweißt und sicher auch geholfen, die Schicksalsschläge zu überwinden, zumindest damit zu leben."

Der Kuchen war wirklich ein Gedicht, es blieb kein Krümelchen übrig. Anita räumte die Teller ab und warf Kasper, der sich entspannt zurückgelehnt hatte, einen lieben Blick zu. „Ich kann gar nicht sagen" meinte Kaspar nachdenklich, als sie sich entfernt hatte, „wie froh und dankbar ich bin, liebe Frau und lieber Herr Altmeier, dass wir uns hier, in Schnackenburg, im „Alten Schulhaus" durch einen glücklichen Zufall getroffen haben. Ansonsten wäre ich längst in Lanz und würde meiner Arbeit nachgehen. Ich habe unserer Begegnung viel zu verdanken."

Ich kämpfte mit den Tränen, was Peter wundern musste, denn normalerweise bin ich nicht so dicht am Wasser gebaut. „Es freut uns auch", meinte ich und würgte an einem Kloß im Hals, „dass sich alles so wunderbar gefügt hat." Um meine sentimentale Stimmung ein wenig zu überspielen, versuchte ich einen Scherz. „Wer weiß, vielleicht radeln wir uns wieder einmal über den Weg, irgendwo und irgendwann, wie es der Zufall oder auch die Fügung will."

Kaspar erwähnte noch, dass er die kommende Nacht bei seinen neuen Freunden im Hotel „Zum Elbgrund" verbringen und morgen früh endlich seine alten Eltern in Lütgenwisch besuchen wolle, seinen Mitarbeitern habe er diesbezüglich schon Bescheid gesagt.

Dann gingen wir auseinander, überzeugt davon, dass wir uns nach menschlichem Ermessen nicht mehr begegnen werden.

Aber, wie heißt es doch, der Mensch denkt und Gott lenkt.

Wir verbrachten die Nacht im Schulhaus, in unserem Zimmer, die Rektorin bemerkte nebenbei, dass wir vermutlich diese Nacht die einzigen Gäste sein werden. Mir schien, als wäre ihr Ton deutlich weniger schulmeisterlich geworden.

Peter lag schon im Bett, als ich bemerkte, dass er über etwas nachgrübelte. Dann fragte er plötzlich: „Sag' mal, Angelika, woher wusstest du heute Morgen eigentlich Kaspars Namen?"

„Oh, den hat er doch genannt, oder?", fragte ich zurück, darauf hoffend, dass er es dabei bewenden lassen würde.

Er runzelte die Stirn, schaute mich nachdenklich an, schüttelte den Kopf und grummelte, „muss ich wohl überhört haben". Dann drehte er sich zur Seite und zog sich die Bettdecke über den Kopf.

Bald hörte ich seine tiefen Atemzüge, er war fest eingeschlafen. Ich aber fand keine Ruhe, lauschte in die unruhige Stille des alten Gemäuers hinein, glaubte Geräusche zu hören, ein Knarren im Treppenhaus, wie von eiligen Füßen, ein Knistern und Schnarren und Gluckern. Schließlich fielen auch mir die Augen zu, aber mein Schlaf war seicht, immer wieder schreckte mich das Rauschen in den Wasserrohren auf. Waren wir wirklich die einzigen Gäste im Haus?

Am nächsten Morgen verabschiedeten wir uns nach einem schnell eingenommenen Frühstück von der Rektorin und traten die restliche Reise nach Magdeburg an. Ich muss gestehen, mir blieb kaum etwas davon in Erinnerung. Die massenweisen Urlaubsfotos aber, die wir mitbrachten, erinnern an halbverfallene

Kornmühlen und die Brücke, zu der kein Weg hin- und keiner wegführt, an den Tümpel, in dem Auerochsen seelenruhig Seegras mampfen. Sie erinnern an die Fähre, deren Fährmänner ungeachtet der Auto-Caravane und der Radfahrer, die sich an beiden Flussufern stauten, darunter auch wir, ausgiebig und in aller Ruhe Siesta machten. Oder an die Allee der sterbenden Bäume, die schief, knorrig und hohl, jedoch mit spärlichem Grün an den dürren Ästen, am Straßenrand auf ihr Ende zu warten schienen. Die Allee führte in eine kleine Stadt, in der wir einen merkwürdigen Wirt antrafen, er wurde regelrecht unwirsch, als wir nach einer Speisekarte fragten. „Wisst ihr nicht, was ihr wollts?", entrüstete er sich. Ein wenig später zeigte er uns seinen rustikalen Pizzaofen, in dem er garantiert die besten Pizzas der Welt produzierte. Jetzt verstanden wir ihn.

Wir fotografierten Orte, deren mittelalterliche Häuserfronten, Kirchen, Klöster und Befestigungsmauern von vergangenen Jahrhunderten erzählten, Deichwege, die durch den ehemaligen Totesstreifen, heute ein geschütztes Natur-Reservat, führen, gottverlassene, aber fotogene Dörfer, Wälder, Marschlandschaften. Eine Umleitung mitten in den Feldern, vor einem breiten Feldweg missachteten wir, aller Wahrscheinlichkeit stand sie dort schon seit Jahrzehnten und wurde vergessen. aber dann tauchte eine riesige Schafsherde auf und vier große, weiße Hütehunde gaben uns gelassenen, aber unmissverständlich zu verstehen, dass es hier kein Durchkommen gibt.

Das Album mit all den Bildern wurde dick und prall, aber, das ist wohl das Schicksal aller Alben, man schaut sie einmal an, dann verschwinden sie für immer im Schrank.

Eine alte Schuld

Ein Jahr verging, die Nacht im „Alten Schulhaus" wurde mehr und mehr durch den Alltag und das Familienleben überdeckt, sie geriet fast in Vergessenheit. Was dort geschah musste ohnehin ein verrückter Traum, eine Vision gewesen sein.

Doch dann lag eines Tages ein Brief im Postkasten, dessen Absender im Nu alles wieder präsent werden ließ, er lautete:

Maria Liebknecht, Altes Schulhaus 3, 29493 Schnackenburg.

Mein Gott, die Rektorin. Warum in aller Welt schrieb sie uns? Eilig riss ich das Kuvert auf und las:

Liebe Frau, lieber Herr Altmeier.

Sie werden sich bestimmt noch an mich erinnern, ich bin die Wirtin des Hotels „Altes Schulhaus", in dem Sie letzten Jahr zwei Nächte meine Gäste waren. Vielleicht erinnern Sie sich auch noch an den Sportradfahrer, mit dem wir uns während des Frühstücks so angeregt unterhielten, sein Name ist Kaspar Krause. Nun, er ist seither oft Gast im Hotel „Zum Elbgrund", mit dessen jungen Betreibern er aufs freundschaftlichste verkehrt.

Ich ließ den Brief sinken. Kaspar, natürlich erinnerte ich mich an ihn, seinen Namen werde ich nicht so schnell vergessen. Aber weshalb schrieb uns die Rektorin? Auch ihren Spitznamen habe ich mir gemerkt, stellte ich fest.

Ich nahm den Brief wieder zur Hand und las weiter.

Nun, Herr Krause hat sich die Mühe gemacht, alle Frauen der damaligen Mädchen-Abschlussklasse ausfindig zu machen und sie anzuschreiben, insgesamt sind es neun Frauen, die es in ganz Deutschland verschlagen hat. Keine von ihnen lebt im Ausland. Sie haben alle Familien und leben in geordneten Verhältnissen, allerdings ist eine davon geschieden oder lebt in Scheidung. Zu meiner großen Freude und meinem

Erstaunen haben alle zugesagt, sie werden allesamt Herrn Krauses Einladung folgen und am 8. Juli zum Klassentreffen kommen.

Nun hat mich Herr Krause gebeten, und ich stimme mit ihm darin überein, dass auch Sie, wenn es Ihnen möglich ist, dabei sein sollten, denn als Kaspar nach einem Vierteljahrhundert zufällig erfuhr, dass seine Freundin, die er nie vergessen konnte, wegen einer dummen Intrige ihrer Mitschülerinnen ihrem jungen Leben ein Ende gesetzt hat, da waren Sie dabei. Vielleicht möchten Sie auch wissen, was aus den einstigen Verschwörerinnen geworden ist. Jedenfalls würden wir uns aufrichtig freuen, Sie bei diesem Treffen begrüßen zu dürfen.

Mit freundlichem Gruß, auch von Kaspar Krause,

Maria Liebknecht.

Ich legte den Brief beiseite, ich musste erst einmal seinen Inhalt verdauen. Als ich ihn schließlich Peter zeigte, konnte er sich durchaus an Kaspar und das „Alte Schulhaus" erinnerte, keine Frage, aber er sah keinen Grund noch einmal nach Schnackenburg zu fahren, um am Treffen wildfremder Leute teilzunehmen. Bei mir aber gewann die Neugierde mehr und mehr Oberhand, ob sich bei diesem Klassentreffen die

Personen, die ich in jener Nacht im Juli in einem der Klassenzimmer des „Alten Schulhauses" glaubte gesehen zu habe, einfinden würden.

Es war Sommer, wir hatten die obligatorische Radtour wegen notwendiger Reparaturen am Haus auf unbestimmte Zeit verschieben müssen. Eigentlich wollten wir von Prag aus zum Elbsandsteingebirge radeln, wo man wunderbar wandern und kraxeln kann, aber genauso gut konnten wir von Schnackenburg aus durch die Mecklenburger Seenplatte, an der Hader entlang nach Berlin oder nach Lübeck und zur Ostsee radeln, da wollten wir immer mal hin. Mein Drängeln dahingehend wurde immer dringender, so dass Peter endlich nicht anders konnte, als nachzugeben und sich damit einverstanden zu erklären.

Also wurden die Räder auch dieses Mal per Bahn nach Schnackenburg, in das „Alte Schulhaus", Hausnummer *3* verschickt. Von dort sollte dann unsere Tour nach Lübeck beginnen, darauf hatten wir uns letztendlich geeinigt. Peter allerdings mit mäßiger Begeisterung.

Ich muss gestehen, je mehr sich unser ICE, dann eine Regionalbahn dem Bahnhof von Lütgenwisch und damit Schnackenburg näherte, umso beklommener wurde mir zumute und umso gespannter war ich darauf, was uns erwarten würde.

Als wir in Lütgenwisch in den Bahnhof einfuhren, sah ich vom Abteilfenster aus Kaspar auf dem Bahnsteig stehen und sogleich erfasste mich eine echte Wiedersehensfreude, was eigentlich seltsam war, wir kannten uns ja kaum. Dass auch Kaspar sich freute, uns zu sehen, war nicht zu übersehen, er umarmte uns wie alte Bekannte, nahm mir meine Satteltaschen ab und begleitete uns, sich nach unserem Befinden und der Reise erkundigend, zur Fähre.

Während der Überfahrt unterhielten sich die Männer angeregt über die wirtschaftlichen Verhältnisse hier und überhaupt, ich aber schaute sinnend auf die Fluten und Strömungen des Flusses, der so lange Zeit Land und Menschen getrennt hatte, was heutzutage unvorstellbar ist. „Aber", dachte ich, „es war nicht der Strom, er lässt sich überwinden, es war ein gnadenloses, diktatorisches Regime, von dem sich die Menschen mit viel Glück, Mut und verzweifelter Entschlossenheit befreit haben."

Kaspar begleitete uns zum „Alte Schulhaus, der Kirchturm gegenüber war inzwischen vom Gerüst befreit, seine Ziegelmauern, der Glockenturm und das spitzzulaufende, schiefergedeckte Dach erstrahlten in schlichter Schönheit.

„Schön, dass Sie gekommen sind, Frau und Herr Altmeier", begrüßte uns Frau Liebknecht und drückte uns herzhaft die Hände, was bei ihrem unterkühlten Naturell sicher eine ungewöhnliche Gefühlsäußerung darstellte. Große Emotionen waren bestimmt nicht ihr Ding.

„Es freut mich wirklich sehr, Sie zu sehen", betonte sie noch einmal sachlich, während sie unsere Namen in das Gästebuch eintrug. „Die Frauen der ehemaligen Mädchenklasse sind bereits vollständig eingetroffen. Sehr sympathische Frauen, muss ich sagen, sie haben sich seit damals nicht mehr gesehen. Gerade machen sie gemeinsam einen Spaziergang durch den Ort und zum Friedhof, wo sie das Grab ihrer ehemaligen Mitschülerin besuchen wollen, wie sie sagten. Im Übrigen habe ich für Sie das Zimmer, in dem Sie bereits voriges Jahr übernachtet haben, hergerichtet, so fühlen Sie sich, hoffe ich, gleich wie zu Hause. Möchten Sie hier zu Abend essen?"

Wir schauten Kaspar fragend an, er meinte: „Falls es nicht zu viele Umstände macht, Frau Liebknecht, würde ich für meine Person am liebsten bei Ihnen essen." Dem schlossen wir uns gerne an.

„Wenn Sie ihre Taschen auf das Zimmer gebracht und sich ein wenig frisch gemacht haben, Frau und Herr Altmeier, können wir essen. Sagen wir in einer halben Stunde? Ihre Räder sind übrigens schon angekommen, sie stehen im Schuppen."

„Danke, Frau Liebknecht."

Wir nahmen unsere Satteltaschen, lächelten Kaspar noch einmal zu und begaben uns die Treppe hinauf zu dem Zimmer, welches wir bereits kannten.

Ein wenig später im Essraum servierte uns Frau Liebknecht in Suppentassen Erbseneintopf mit Speck. Sie setzte sich mit einer gefüllten Suppentasse zu uns, was ich als besondere Zuwendung empfand, denn vielen Gästen wurde diese Ehre wahrscheinlich nicht zuteil. Kaspar erwähnte, dass er nun oft hier wäre, in Schnackenburg, und dass er drüben in Lütgenwisch seinen alten Eltern bei der Restaurierung ihres Fachwerkhäuschens helfe. Er überlege, ob er nicht vollends herziehen soll, er habe in Schnackenburg viele Freunde gefunden, aber noch will ihn sein Chef nicht ziehen lassen.

Frau Liebknecht plauderte über den zunehmenden Fahrrad-Tourismus in Schnackenburg, die Leute übernachteten gern hier oder ließen sich mit der Fähre übersetzen. Im Rathaus dachte man schon über Motorboote nach, die die Radler schneller über den Fluss bringen konnten, aber die ließen sich lieber ganz traditionell mit der Fähre übersetzen, das fänden die meisten romantischer. Peter und ich erzählten von dem Wasserschaden, den wir im Frühjahr bei einem Unwetter hatten, das Grundwasser kam zu unserem Entsetzen sogar durch die Wände, es musste eine Außenmauer aufgegraben, trocken gelegt und neu isoliert werden, wofür hoffentlich die Versicherung aufkommen wird. Wir plauderten über alles Mögliche, nur nicht über das anstehende Klassentreffen, obwohl es jedem von uns, außer Peter vielleicht, auf der Zunge liegen musste.

Dann wurde es Zeit, sich für das Treffen fertigzumachen, es war für zwanzig Uhr anberaumt.

Im Zimmer machten wir uns etwas frisch. Ich bürstete ausgiebig mein Haar, schminkte mich sparsam und schlüpfte in den knielangen, apfelgrünen Rock, in das weiße T-Shirt und in die flachen Sandalen, welche während der Tour für das abendliche Ausgehen reserviert waren. Mein weißes, dünnes Strickjäcken legte ich locker über die Schultern.

Ich war aufgeregt, konnte kaum abwarten, bis Peter aus dem Bad kam und in seine Sommerhose, sein Polohemd und seine Sandalen geschlüpft war.

„Gemach, gemach", mahnte er mich kopfschüttelnd, während er ein leichtes Sacco überzog, „wir haben noch gut zwanzig Minuten Zeit. Ist mir sowieso schleierhaft, warum wir dabei sein müssen, was geht uns dieses Klassentreffen an. Ich gehe nicht einmal zu meinen eigenen."

Unten im Eingangsbereich stand Kaspar und lächelte uns heiter entgegen. Er machte mir ein nettes Kompliment und schien völlig locker zu sein. Aus dem mäßig beleuchteten Gang, in dem ich glaubte schon einmal gewesen zu sein, kam ein munteres Stimmengewirr.

„Wie Sie hören, sind sie schon da", meinte Kaspar schmunzelnd. „Frau Liebknecht ist bei ihnen. Ich würde sagen, auf zum Gefecht. Lassen wir uns überraschen."

Mit klopfendem Herzen sah ich zu, wie er an die Tür klopfte und sie öffnete. Ich sah Peter an, ich hatte ihm nichts von dem erzählt, was mir hier im letzten Jahr, in diesem Schulhaus, in dem Klassenraun, in den wir nun gehen werden, passiert ist. Ich hätte ihm davon erzählen sollen, bevor ich ihn hierherschleppe.

Als wir eintraten erkannte ich den Klassenraum sofort wieder, vorne das Lehrerpult, vor der großen Tafel stand die Rektorin, wie gehabt mit einem dunklen, wadenlangen, weichfallenden Rock und einer weißen Reversbluse bekleidet, gegenüber der Fensterwand Regale mit Heften und Blöcken und einem vergilbten Plakat, auf dem der afrikanische Kontinent gerade noch zu erkennen war.

„Hallo, Kaspar, hallo Frau und Herr Altmeier", begrüßte uns Frau Liebknecht freundlich. „Bitte kommen Sie nach vorne und nehmen auf den Stühlen hier Platz."

Wir begaben uns nach vorne, die Frauen in den Bänken wandten sich uns zu, erwiderten murmelnd unseren Gruß und warteten still ab, bis wir uns auf die Stühle vor der Tafel gesetzt hatten. Kaspar schlug die Beine übereinander und schaute die Frauen, denen wir nun von Angesicht zu Angesicht gegenübersaßen, ruhig an.

Ich versuchte meine Beklemmung in den Griff zu bekommen und gleichmäßig zu atmen, was mir nicht recht gelingen wollte. Ja, ich erkannte sie wieder, es waren in die Mädchen von jener Nacht, wenn auch gereift und im besten Alter. Ohne Zweifel waren es selbstsichere und tolle Frauen und jede saß genau auf dem Platz, auf dem im vorigen Jahr ihr jugendliches Ebenbild gesessen hatte. Aber mein Eindruck war, sie gaben kein Bild der Geschlossenheit ab, sie hielten Distanz voreinander, beobachteten sich abschätzend, so als ginge von jeder einzelnen eine unsichtbare Gefahr aus.

Mir am nächsten saß Simone, eine kühle Schönheit, gertenschlank, modisch gekleidet, mit tadellos sitzender Kurzhaarfrisur, um den schlanken Hals und den Handgelenken trug sie geschmackvollen Modeschmuck. Sie hatte noch jenen überlegenen, hochmütigen Ausdruck im perfekt geschminkten Gesicht, der mir schon damals auffiel. Neben ihr das Mädchen mit der Hornbrille auf der kleinen Stupsnase, ihr Name wollte mir nicht einfallen, wurde er damals überhaupt erwähnt? Die Frau hinter ihr mit dem dichten, braunen Pagenhaarschnitt und den großen, braunen Augen musste das Mädchen sein, welches Simone und die ganze Klasse bitter angeklagt hatte, hieß sie nicht Heike? Dahinter lugte ein schmales Gesicht hervor, an den blauen, etwas unsicher blickenden Augen und dem brünetten Haar glaubte ich Gerda zu erkennen, meiner Einschätzung nach ging sie selten aus ihrer

Deckung heraus, nur eben wenn sie verzweifelt oder von Selbstvorwürfen geplagt war, wie in jener Nacht, als sie Simone so leidenschaftlich angriff. An die Frau neben ihr erinnerte ich mich genau, schon damals hatte sie rotblonde Locken und auffallend viele Sommersprossen im kecken Gesicht, jetzt allerdings waren die Sommersprossen verblasst oder auch überpudert. Wie hieß sie gleich? Ich glaube Laura.

Frau Liebknecht räusperte sich und bedankte sich für das Kommen der gesamten ehemaligen Mädchen-Abschlussklasse, alle, ohne Ausnahme sind Herrn Krauses Einladung gefolgt. Herr Krause brauche sie ja nicht vorzustellen, auch wenn viel Zeit seit damals vergangen ist, müssten sie sich noch alle an ihn erinnern. Das Paar an seiner Seite sei besonders herzlich begrüßt, denn ohne sie wäre dieses Klassentreffen heute Abend gar nicht zustande gekommen. Es sind Frau und Herr Altmeier, sie werden uns sicher noch einiges erzählen. Auch ihnen herzlichen Dank für ihr Kommen."

Alle Augen richteten sich auf Peter und mich, wahrscheinlich überlegten sich die Frauen, wie und wo sie uns unterbringen sollten. Peter lächelte schief, verschränkte die Arme und betrachtete angelegen das Plakat mit den vergilbten Konturen des afrikanischen

Kontinents. Der Arme fühlte sich sichtlich fehl am Platz. Warum habe ich ihn nur nicht wenigstens ansatzweise aufgeklärt. Aber egal, da musste er jetzt durch.

Kaspar stand auf, bedankte sich artig bei Frau Liebknecht für die einleitenden Worte und ihre Hilfe bei der Adressensuche und den von ihr handgeschriebenen Einladungen, der zu seiner großen Freude und Überraschung alle gefolgt sind. Das wäre nach einer so langen Zeit durchaus nicht selbstverständlich, meinte er. Besonders freue er sich Frau und Herrn Altmeier hier zu haben, denn…"

„Falls es die Sache von damals betrifft", unterbrach ihn Simone leicht ungeduldig, sie war aufgestanden und schaute Kaspar herausfordernd an, „dann kann man sich jedes weitere Wort sparen. Uralte Geschichten aufzuwärmen gibt keinen Sinn und dazu habe ich auch keine Lust. Ich habe wahrhaftig andere Sorgen, meinen Noch-Ehemann zum Beispiel, derzeitig lebe ich mit ihm in Scheidung."

„Das tut mir leid, Simone", meinte Kaspar bedauernd.

Die rundliche, hübsche Person mit der Hornbrille, deren Name mir entfallen war, war da anderer Meinung, sie meinte ruhig, aber bestimmt: „Aber nun sind wir einmal hier, Simone, und sollten uns anhören, was Kaspar zu sagen hat."

Simone schürzte missmutig die Lippen und setzte sich.

„Eigentlich müsstest du doch besonders daran interessiert sein, was Kaspar zu sagen hat, Simone, nicht wahr?", meinte Laura mit bedeutsamem Unterton. Die anderen gaben ihr murmelnd recht.

„So, glaubst du?", entgegnete Simone gereizt. „Sag es nur gerade heraus, Laura, du glaubst immer noch, dass ich an allem Schuld habe. Ich jedenfalls brauche von niemandem eine Absolution, schon gar nicht von euch. Mit Marlies bin ich heute, an ihrem Grab ins Reine gekommen."

„Ach, ja?", spottete Gerda, die meiner Einschätzung nach die Besonnenere von allen war. „Kompliment, Simone, verrate mal, wie du das geschafft hast. Bei mir klappt das leider nicht so gut."

„Wenn du es genau wissen willst", meinte Simone mit gesenktem Kopf, „ich habe Marlies heute an ihrem Grab um Entschuldigung gebeten. Ich habe ihr gesagt, dass ich aus den Fehlern von damals gelernt habe, dass immer, wenn ich Lust habe, jemanden bloßzustellen oder hereinzulegen, ich an sie denken muss und ich es dann sein lasse. Ja, ich versprach ihr sogar, nein, ich schwor es sogar, dass ich mich mit meinem Mann wegen der Kinder gütlich verständigen werde. Ich bin mir sicher, das Gefühl hatte ich heute an ihrem Grab, sie hat mir vergeben."

„Du machst es dir ein bisschen einfach", wandte Laura spöttisch ein. „Denn hättest du Kaspar damals in Ruhe gelassen, dann hätte es gar nicht erst so weit kommen müssen."

„Ach, Laura, hättest, wäre, wenn und aber, hättest du Marlies nicht wegen der Unterlagen bei Frau Liebknecht hingehängt, dann hätte sie kein Hausarrest bekommen. Hätte auch nur eine von euch ihr beigestanden oder hätte sie gewarnt, dann wäre gar nichts passiert! Ihr geht mir mit eurem hätte und wäre, mit eurem scheinheiligem Getue auf die Nerven."

Kaspar hatte sich gesetzt und hörte der Auseinandersetzung aufmerksam zu.

„Niemand von uns konnte wissen, wie ernst es Marlies mit Kaspar war und wie sie reagieren würde", meinte Laura entschuldigend. „Wir waren eben jung und dumm und unüberlegt."

„Und feige", bemerkte Gerda ironisch. „Keine von uns getraute sich gegen die anderen zu ihr zu halten und ihr zu helfen."

„Du hast nie gesagt, Simone, was auf dem Zettel stand", bemerkte die rotblonde Laura. „Schließlich ist Kaspar, nachdem er ihn gelesen hat, gleich wieder mit der nächsten Fähre zurückgefahren. Was stand auf dem Zettel, Simone, den du ihm gabst?"

„Keine Sorge, Gerda", erwiderte Simone ironisch lächelnd, „sicher nicht, dass du die Ordner hast verschwinden lassen, so dass Marlies sie nicht ins Archiv zurückbringen konnte und deshalb Arrest bekam? Wir haben Kaspar begrüßt, das gehörte sich so und das haben wir so besprochen, wisst ihr noch? Auch dass ich ihm die Blumen überreichen soll, auch das war so ausgemacht. Von uns allen."

„Aber nicht, dass du ihn gegen Marlies aufhetzten sollst", meinte Laura vorwurfsvoll. „Du warst damals, das weißt du selbst, ein gehässiges Luder und hast schlicht keinem etwas gegönnt."

Gerda, die wohl die aufgeheizte Stimmung etwas beruhigen wollte, meinte besänftigend: „Okay, okay, wir sind uns doch darin einig, dass wir alle involviert waren, zumindest mitgemacht haben, oder?"

Dennoch glaubte sich die schöne Simone verteidigen zu müssen. „So", meinte sie erbost, „ich bin also ein gehässiges Luder gewesen? Und du, Laura, warst du es nicht, die Marlies den Zettel mit dem Gedicht gestohlen und mir zugesteckt hat? Doch nur zu dem Zweck, dass ich ihn Kaspar geben soll, nicht wahr? Und die andern, ich lach mich tot, wenn ich daran denke, wie ihr euch heimlich gefreut habt, als Marlies in der Schule bleiben musste und Kaspar mit der Fähre zurückgefahren ist. Was seid ihr doch für eine scheinheilige Bande! Ich für mein Teil würde viel darum geben, wenn ich, was ich getan habe rückgängig machen könnte, aber das kann ich nun einmal nicht." Das klang so ernsthaft und traurig, dass keiner an ihren Worten zweifeln konnte.

Auch Kaspar schien ihr zu glauben, er stand auf und schaute eine nach der anderen ruhig an. Sofort verstummten die Frauen und starrten ihn an, so als bemerkten sie ihn erst jetzt.

„Es wird mir bestimmt niemand widersprechen", meinte er ruhig, „wenn ich sage, dass ihr euch alle damals, vor nunmehr fünfundzwanzig Jahren, verflucht kindisch, ohne Sinn und Verstand benommen habt. Selbst die Lehrer", er schaute Frau Liebknecht bedauernd an, „haben Fehler gemacht, sie haben Marlies bestraft, ohne sich die Mühe zu machen, nach den Ursachen ihrer Verfehlungen zu fragen. Aber deshalb hat sich Marlies nicht umgebracht, sie war ein starkes Mädchen und dachte gar nicht daran, sich etwas anzutun."

Kaspar machte eine Pause, die Frauen schaute ihn erstaunt, manche mit skeptischen und ratlosen Gesichtern an, war man nicht all die Jahre davon ausgegangen, schuld am Tod einer Mitschülerin zu haben, zumindest dazu beigetragen zu haben. Simone fragte: „Aber sie ist doch ins Wasser gegangen. Warum sonst sollte sie das getan haben?"

Kaspars schüttelte den Kopf, seine Züge wurden merklich ernster, als er mit rauer Stimme meinte: „Es war ein Unfall. Wenn einer Schuld an ihren Tod hat, dann bin ich es."

Durch die Bänke lief ein ungläubiges Raunen, mir lief ein kalter Schauer über den Rücken, selbst Peter runzelte verwundert die Stirn. Frau Liebknecht räusperte sich und meinte: „Ich glaube, Kaspar, Sie sind uns eine Erklärung schuldig."

Kaspar setzte sich und betrachtete sinnend seine Hände, er überlegte wohl, wie und wo er beginnen sollte. Dann schaute er in die Runde. „Nun", begann er, „wie ihr sicher wisst, war ich vor der Wende ein junger Grenzer, meine Aufgabe bestand darin, mit meinen Kumpels die deutsch-deutsche Grenze zu bewachen. Zwischen Schnackenburg und Lütgenwisch, wo ich herstamme, herrschte damals ein reger Grenzverkehr auf dem Fluss, trotz unsere Nachtscheinwerfer und Maschinengewehre kam es regelmäßig zu Zwischenfällen. Vom Kapitalismus verblendete und verführte Republikflüchtlinge versuchten immer wieder durch den Fluss die BRD zu erreichen, was dank unserer Aufmerksamkeit und unserer Gewehre äußerst selten gelang. Nun, ich muss gestehen, ich war ein überzeugter Sozialist, gedrillt und geschult das Vaterland vor dem Kapitalismus und seinen gefährlichen Einflüssen zu verteidigen, wenn es sein musste mit allen Mitteln. Für Verräter, die selbst in den eigenen Reihen zu finden waren, gab es kein Parton.

Als ich Marlies das erste Mal sah, waren wir, zwei Grenzer, hinter einem Republikflüchtigen her. Die Nachtscheinwerfer hatten ihn auf seinem dürftig zusammengebastelten Floß über den Fluss verfolgt, doch unsere Kugeln verfehlten leider ihr Ziel. Eine jedoch musste ihn erwischt haben, hofften wir, als wir einen erstickten Schmerzensschrei zu vernehmen glaubten. Der Bursche war eventuell verwundet und konnte mit seinem dürftig zusammengebastelten Floß nicht weit

kommen. Wir nahmen umgehend mit einem Schnell-
boot die Verfolgung auf, glaubten schon ihn eingeholt
zu haben, als drüben die Grenzer einen Warnschuss
abgaben. „Hier ist westdeutsches Gebiet", riefen sie
uns anhand eines Mikrofons zu. „Hier ist die Jagd zu
Ende, Kumpels! Schert euch zurück, wo ihr herge-
kommen seid!"

Nun, wir ließen uns mit der Rückfahrt Zeit, das Floß
des Abweichlers, ein Wunder, dass er es damit überhaupt über den Fluss geschafft hatte, lag am Ufer, er
könnte sich durchaus noch im Uferbereich aufhalten,
vielleicht konnte man ihm zumindest noch mit unseren Gewehren eine Lektion erteilen. Es sei denn, er
hatte es bis zur Zollstation geschafft.

Und tatsächlich, ein Krankenwagen kam, Sanitäter
stiegen mit ihren Arztaschen aus, und ein Mädchen.
Es folgte den Sanitätern nicht ins Haus, sie kam ans
Ufer und rief uns durch ein Mikrofon zu „Der Mann
ist verwundet, er braucht Hilfe! Fahrt zurück, oder
wollt ihr ihn töten? Seid ihr Mörder?" Ihre Augen waren, wie ich glaubte, auf mich gerichtet, nur auf mich,
so als suche sie eine menschliche Regung, ein Einlenken. Und ich schämte mich plötzlich für das, was ich
tat. Mir wurde klar, dass ich hinter Menschen her war,
dass ich sie jagte wie Wild. Drüben war ein durch

meine Hand verwundeter Mensch, der um sein Leben kämpfte und eventuell starb.

Das Mädchen musste meine Unsicherheit, meinen inneren Aufruhr bemerkt haben, denn ihre Stimme klang bittend, fast flehend, als sie mir zurief: „Sie sind gute Menschen, nicht wahr? Sie würden niemals einem Verwundeten die Hilfe verweigern!" Ich war überzeugt davon, dass sie mich meinte.

Sie wandte sie sich ab und lief eilig zur Zollstation. An der Tür wandte sie sich noch einmal nach uns um. Dann verschwand sie.

Nun, dieses Mädchen, ihre beschwörende Stimme, ihre Furchtlosigkeit, als sie auf uns, den bewaffneten Grenzern und Staatsfeinden zukam, ihre anmutige, vom Mondlicht sanft umstrahlte Gestalt ging mir nicht mehr aus dem Sinn, sie erschien mir wie ein Wesen aus einer besseren Welt, wie ein Engel. Ich wollte wissen, wer sie ist und was sie macht, ich wollte sie kennenlernen. Mit der gebotenen Vorsicht forschte ich nach ihrem Namen, bekam ihre Adresse heraus und schrieb ihr einen langen Brief, den ich einem Grenzgänger, dem ich vertrauen konnte, mitgab. Ich wartete ohne große Hoffnung auf eine Antwort und war baff erstaunt und glücklich, als bald darauf ein Brief von ihr in unserem Briefkasten lag, wer ihn brachte, wusste ich nicht, es gab Möglichkeiten, um Briefe unkontrolliert zu befördern. Sie schrieb, dass ihr Name Marlies Martens sei, sie Schülerin der Real-Abschlussklasse ist und ihre Eltern ein Hotel in Schnackenburg betreiben. Sie bedankte sich dafür, dass wir, die Grenzer, den armen, verwundeten Burschen, den wir verfolgten, verschont haben. Später erwähnte sie in einem Briefe, den sie mir zukommen ließ, dass einer der Sanitäter ein guter Bekannter von ihr sei, den sie gelegentlich begleiten und assistieren dürfe. Sie möchte nach der Schule einen Pflegeberuf ergreifen. Und dass sich der verletzte, junge Mann auf dem Weg der Besserung befände.

Von nun an schrieben wir uns regelmäßig und sehnten uns mehr und mehr danach einander zu sehen. Unsere Briefe wurden von zuverlässigen Leuten über die Fähre transportiert, denn wer wusste besser als ich, dass jeder Brief in der Zollstation auf verbotene Inhalte überprüft wurde."

„Du warst doch Grenzer, Kaspar", warf Simone ein, „du hattest doch bestimmt genug Gelegenheit, dich ab und an mit Marlies zu treffen, oder?"

„Wäre ich in Verdacht geraten, Simone, dass ich mit einem westdeutschen Mädchen eine Beziehung pflege, dann wäre ich umgehen versetzt oder gar verhaftet worden. Nein, wir waren froh uns schreiben und über den Fluss hinweg sehen und manchmal zuwinken zu können, selbst das war nicht ungefährlich. Natürlich rechneten wir damit, dass unsere Briefe kontrolliert werden, deshalb schrieben wir nur über harmlose Dinge, die nichts verrieten und alles sagten. Nichtsdestotrotz ließ ich mich ab und zu dazu hinreißen, Marlies ein selbstverfasstes Gedicht zukommen zu lassen, Verse der Sehnsucht und der Liebe.

Dann kam der 9. November, ganz plötzlich war die Grenze auf. „Wir sind ein Volk", hieß es, für uns Grenzer ein unfassbarer Paukenschlag, wir wurden förmlich überrollt von der Situation, wussten nicht, wie damit umgehen, wir konnten ja nicht, so wie der Befehl lautete, alle die hinüberwollten erschießen. Ich aber erkannte schlagartig meine Chance und begab mich unter die Leute, die sich auf die Fähre drängten. Sie war derart überfüllt, dass der Fährmann Sorge hatte, sie könnte mit Mann und Maus untergehen. Drüben erwarteten uns jubelnde Menschen, man schüttelte uns begeistert die Hände, der Bürgermeister hieß uns mit einer Rede willkommen, Mädchen überreichten uns Blumen, es war unglaublich. Ich aber suchte Marlies, konnte ihr liebes Gesicht nicht finden. Ein Mädchen, ich glaube du warst es, Simone, überreichte mir einen Blumenstrauß, sie meinte, falls ich Marlies suche, sie sei ihre beste Freundin und sie solle mir ausrichten, dass sie einen Freund habe und ich solle sie nicht weiter belästigen, so ungefähr. Ich glaubte ihr nicht, wollte Marlies suchen, aber dann gabst du mir, Simone, den Zettel mit meinem Gedicht darauf, du sagtest, Marlies wolle in Zukunft mit solchen Kindereien nicht mehr belästigt werden. Nun, du hast es ja gesehen, Simone, ich war am Boden zerstört, warf Marlies Murmel in den Sand und trat darauf, dann kehrte ich umgehend mit der Fähre zurück, als einziger. Der Fährmann wunderte sich darüber, aber er fragte nicht, mein ratlos zorniges Gesicht sagte wohl alles. Zuhause setzte ich mich hin und verfasste einen Abschiedsbrief, in dem ich bedauerte, dass sie Schluss gemacht habe, ich hätte es nie und nimmer von ihr erwartet, nicht auf diese Weise, aber ich wünsche ihr viel Glück. Ich werde fortgehen, morgen schon, irgendwohin, nur nicht in den Westen, die sogenannte Wiedervereinigung wäre mir egal. Es waren Zeilen voller Bitterkeit, Enttäuschung und Schmerz. Noch am gleichen Tag ließ ich mich mit einer der letzen Fähre noch einmal hinüberbringen, um den Brief in den Briefkasten der Zollstation zu werfen, dort würde sie ihn bestimmt finden. Im Ort war Musik und fröhliches Lärmen zu hören, die Grenzöffnung, die Wiedervereinigung wurde gefeiert. Ich suchte am Ufer die Murmel, fand sie, grub sie aus, wischte sie sauber, wenigstens sie wollte ich behalten. Dann kehrte ich mit der festen Absicht zurück, nie mehr westdeutschen Boden zu betreten.

Was ich nicht wusste war, dass Marlies noch am selben Abend den Brief ausgehändigt bekam und ihn las. Sie musste sich sogleich auf den Weg gemacht haben, und, weil keine Fähre mehr unterwegs war, das notdürftig zusammengezimmerte Floß des Republikflüchtlings, den ich vor Monaten verfolgt hatte, bestiegen haben, es lag immer noch unbeachtet am Ufer. Einige zerborstene Teile davon hatte man später am Elbufer gefunden. Marlies musste versucht haben rudernd das jenseitige Ufer zu erreichen, um mich daran zu hindern, ohne Abschied fortzugehen. Sie kannte den Fluss und seine Tücken, sie ist an seinem Ufer großgeworden, aber mein Brief musste sie jede Vorsicht vergessen lassen haben.

Wo sie mich finden konnte wusste sie aus meinen Briefen.

Kaspar holte die kleine, grünbesprengte Glasmurmel aus einer seiner Jackentaschen hervor, anscheinend war sie sein Talisman, den er stets bei sich trug. Er betrachtete sie einen Moment lang nachdenklich, dann schaute er in die betroffenen Gesichter der Frauen, die still in den Bänken saßen und das Gehörte offenbar erst einmal verarbeiten mussten. Er lächelnd schmerzlich und fuhr fort: „Nun, ich bekam nicht mit, als man Marlies einige Tage später, wenige Kilometer stromabwärts am Elbufer fand, ertrunken, wie man mir sagte. Ich erfuhr es erst, als mich nach langer Zeit, als ich glaubte die Enttäuschung von damals überwunden zu haben, mein Weg nach Schnackenburg führte. Es ergab sich, dass im „Alten Schulhaus", wo ich eine Bleibe für eine Nacht fand, auch das Ehepaar Altmeier übernachtete. Eigentlich wollte ich am nächsten Morgen weiterfahren, ja, aber dann habe ich von Marlies Tod erfahren und dessen Umstände. Ich erfuhr, dass sie nicht kommen konnte, dass sie wegen irgendwelcher Nachlässigkeiten im Schulhaus eingesperrt war und dass ihre Klassenkameradinnen dazu beigetragen haben. Vielleicht, so überlegte ich im Nachhinein, würden sie sich Vorwürfe machen, würden glauben, durch ihre törichte Intrige Marlies in den Tod getrieben zu haben, damit lag ich nicht falsch, nicht wahr? Aber Marlies war ein durch und durch positiver Mensch, sie wäre nie fähig gewesen, sich oder anderen etwas anzutun, nein, sie wollte lediglich verhindern, dass ich ohne Abschied mit Groll im Herzen weggehe. Wenn einer Schuld an ihrem Tod hat, dann bin ich es, sie liebte mich und ich habe ihr nicht vertraut, ich bin auf euer kindisches Spiel hereingefallen. Ich fand es wichtig, dies klarzustellen, deshalb habe ich euch zu diesem Klassentreffen eingeladen. Frau Liebknecht war so freundlich, mir bei der Suche nach euch zu helfen und die Einladungen zu schreiben."

Kaspar schwieg. Bei der nun eintretenden Stille betrachtete ich die Frauen, sie saßen still grübelnd oder verlegen lächelnd in den Bänken. Sie wagten sich kaum anzuschauen, bis Gerda schließlich im sachlich Ton feststellte: „Deine Ehrlichkeit in Ehren, Kaspar, trotzdem, Auslöser der Tragödie war zweifellos unsere bodenlose Unüberlegtheit. Das kann uns keiner abnehmen."

„Aber daran ist sie nicht gestorben, Gerda", widerspach Simone forsch, „keiner stirbt an sowas. Marlies war kein Unschuldsengel, denk nur daran, wie sie der alten Kiesewetter an Halloween einen beleuchteten Kürbis vor die Haustür gestellt hat, die arme Frau wäre beinahe in Ohnmacht gefallen. Sie hat so ziemlich jeden Unsinn mitgemacht und konnte auch so manches einstecken. Marlies war absolut kein Kind von Traurigkeit."

„Aber sie wusste immer, Simone", meinte die rotblonde Laura ernst, „wann der Spaß vorbei ist. Ich jedenfalls bin froh, dass Kaspar uns aufgeklärt hat, denn wenn ich ehrlich bin hat Marlies Tod all die Jahre hindurch wie ein Mühlstein auf meinem Gemüt gelastet. Ich konnte mit niemandem darüber reden und mich dadurch erleichtern."

„Oh, ja", bestätigte es die Frau mit der Pagenfrisur und dem dichten Pony, deren Name mir nicht einfallen wollte. „Das Gewissen lässt einem keine Ruh, es überfällt einem jederzeit und überall. Liest oder hört man von einem jungen, verunglückten Menschen oder einem, der sich etwas angetan hat, dann kommen einem unweigerlich die Bilder in den Sinn, als man Marlies, wachsbleich und mit nassem Haar auf einer Trage in den Ort gebracht hat. Diese Bilder bekomme ich einfach nicht aus dem Kopf. Ich muss sagen, jetzt bin ich doch relativ erleichtert."

Bei diesem Bekenntnis nickten die meisten Frauen und murmelten zustimmend.

„Mir ist nur nicht klar", meinte die schöne Simone, „was die beiden Herrschaften, die du auch eingeladen hast, Kaspar, damit zu tun haben. Warum sind sie heute Abend hier?"

Kaspar hatte sich still lächelnd zurückgelehnt, sein liebenswertes Lächeln und die alte Herzlichkeit, die ich bei ihm kannte, waren in seine Augen und sein Gesicht zurückgekehrt. „Wenn sie nicht gewesen wären, Simone, dann säßen wir heute Abend nicht hier, in diesem Klassenraum."

Alle Augen richteten sich auf Peter und mich, ich versuchte locker zu bleiben und ein ungezwungenes, freundliches Gesicht zu machen, was nicht einfach war. Wer konnte bei Kaspars Bericht schon locker bleiben?

„Wollen Sie nicht kurz erzählen, Frau Altmeier, wie es dazu kam?", bat Kaspar.

„Nun", kam ich seiner Aufforderung nach, „da gibt es nicht viel zu erzählen. Im Hotel „Zum Elbgrund" war kein Zimmer mehr frei war und so hat man uns hierher ins „Alte Schulhaus" geschickt. Am Morgen beim Frühstück trafen wir Kaspar, der zufällig auch hier übernachtete. Er war auf der Durchreise und wollte mit seinem Fahrrad schnell weiterfahren."

Ich überlegte kurz, ob ich die nächtliche Begegnung mit ihren jugendlichen Doppelgängerinnen erwähnen sollte, verwarf es aber schnell. Es war besser bei nachvollziehbaren Fakten zu bleiben, um nicht noch mehr Verwirrung zu stiften.

„Wie bei Radwanderen üblich", fuhr ich fort, „ergab sich ein Gespräch, bei dem Kaspar erwähnte, dass er vor der Wende drüben in Lütgenwisch ein Grenzer gewesen und danach weggegangen sei. Meine Neugierde lässt mich mitunter etwas aufdringlich werden, fürchte ich, jedenfalls wollte ich wissen, ob er von dem Unglück, welches sich unmittelbar nach der Grenzöffnung hier ereignet hatte, noch etwas mitbekommen habe, hinter der ehemaligen Grenzstation sei am Elbufer auf einem Gedenkstein zu lesen, dass ein siebzehnjähriges Mädchen hier ertrunken sei. Frau Liebknecht, unsere Gastgeberin, konnte sich noch gut an dieses Mädchen erinnern und Kaspar, als er den Namen des Mädchens hörte, wusste sogleich, dass es sich um sein Mädchen handeln musste, welches er damals im Zorn verlassen hatte.

Wir beschlossen noch einen weiteren Tag in Schnackenburg zu bleiben und besuchten unter anderem das kleine, sehr detailgetreu eingerichtetes Heimatmuseum. Im kleinen Biergarten am Elbufer trafen wir Kaspar noch einmal, auch er war geblieben, um Marlies Grab zu besuchen. Er erzählte uns, dass er auch ihre Geschwister im Hotel „Zum Elbgrund" besucht habe und es gut gewesen sei, denn auch sie trauern noch um ihre Schwester. Jedenfalls glaube ich, dass inzwischen eine echte Freundschaft daraus geworden ist, die allen hilft, mit dem Kummer umzugehen. Kaspar, so ist mein Eindruck, hat mit seinem Mädel und mit sich selbst seinen Frieden gefunden und, was ich besonders schön und wichtig finde, er hat den Kontakt mit seinen alten Eltern in Lütgenwisch wieder aufgenommen. Nun, es waren glückliche Fügungen und Umständen, zu denen mein Mann und ich herzlich wenig beigetragen haben, schon gar nicht mit dem, was danach aus unserer flüchtigen Begegnung geworden ist. Dennoch sind wir der Einladung gerne gefolgt und bedanken uns herzlich bei Kaspar und Frau Liebknecht, dass wir heute Abend bei diesem ungemein spannendem Treffen dabei sein dürfen."

Für Peter, fürchte ich, traf das nicht unbedingt zu, er fühlte sich offensichtlich ziemlich unwohl in seiner Haut, aber er machte gute Miene zum undurchsichtigen Spiel, wofür ich ihm dankbar war. Später einmal werde ich ihm von jener Nacht erzählen, obwohl er mir kein Wort glauben wird."

In dieser Nacht waren wir nicht allein im „Alten Schulhaus". Das Flüstern, Tuscheln, Raunen und Knarren in den Gängen, das Tapsen wie von huschenden Füßen auf den Treppen und Gängen, das Gurgeln und Rauschen durch die Wasserleitungen war real und gegenständlich. Während Peter seinen gewohnten Schlaf der Gerechten schlief, lauschte ich und fühlte mich seltsam geborgen in den alten Mauern des Schulhauses.

Am nächsten Morgen trafen wir die Frauen beim Frühstück, die Stimmung unter ihnen war heiter und freundschaftlich, der ungute Geist, der sie und die „Alte Schule" so lange heimgesucht hatte, schien verscheucht zu sein. Die Frauen versprachen sich sogar, sich nun regelmäßig treffen zu wollen, hier in ihrem alten Schulhaus, bei Frau Liebknecht. Sie nahmen Kaspar das Versprechen ab, wenn immer es ihm möglich sein wird, unbedingt auch zu kommen. Auch wir, Peter und ich, seien immer willkommen, wir würden beizeiten erfahren, wann ein Treffen stattfindet, möglichst immer zu dieser Zeit im Sommer. Kaspar versprach es, er wäre sowieso regelmäßig hier, meinte er. Auch mir lag eine Zusage auf den Lippen, was verspricht man nicht alles in einer glücklichen Stimmung, aber dann verkniff ich es mir lieber, es wäre ein leeres Versprechen gewesen. Denn mit an Sicherheit grenzender Wahrscheinlichkeit würden sich unsere Fahrräder auf anderen Wegen, entlang anderen Flussufern und anderen Gestaden bewegen. Es gibt ja so viel zu sehen und zu erleben in Deutschland.

Wir verabschiedeten uns von den Frauen, von Frau Liebknecht, die wir im Stillen immer noch liebevoll Rektorin nannten, und von Kaspar. Ich spürte, er und ich waren auf unerklärliche, ja auf mystische Weise

Verbündete, durch die Ereignisse, die nicht zu erklären sind.

Wir radelten durch die Mecklenburger Seenplatte nach Lübeck, ließen uns bei einer Stadtrundfahrt den historischen Stadtkern mit dem Holstentor und die faszinierende Geschichte dieser alten Hansestadt erklären. Wir kosteten in traulichen Cafés Lübecker Marzipane, kauften ordentlich davon als Mitbringsel und fuhren nach drei Tagen mit dem ICE nach Hause. Die Räder ließen wir wie gewohnt mit der Bahn nachschicken.

Sicher war auch diese Tour interessant und schön, aber was ich auch tat, in Gedanken blieb ich in Schnackenburg, bei den Menschen im „Alten Schulhaus". Ich werde sie wohl nie vergessen.

Peter habe ich nie von jener Nacht erzählt, er hätte es als Absurdum abgetan, jeder vernünftige Mensch musste das als solches abtun. Ich aber bin überzeugt, in jener Nacht hat das seltsame Treffen stattgefunden, anders kann es gar nicht sein, nach allem, was danach geschah.

Zwei Jahre vergingen, als wieder ein Brief aus Schnackenburg im Postkasten lag, wieder mit der nun schon bekannten Adresse: *Maria Liebknecht, Altes Schulhaus 3, 29493 Schnackenburg.*

Sollte es womöglich eine Einladung zu einem Klassentreffen sein?

Ich musste erst einmal tüchtig durchatmen, um mein heftig klopfendes Herz zu beruhigen, dann riss ich das Kuvert eilig auf und las:

Liebe Frau, lieber Herr Altmeier, ich wünsche sehr, es geht Ihnen gut.

Ich darf ihnen berichten, dass sich, seit Sie das letzte Mal hier waren, einiges Erfreuliches getan hat. Zuallererst, es steht eine Hochzeit an, Kaspar Krause und Anita Martens, Marlies jüngere Schwester, die Sie vom Biergarten her kennen, werden heiraten, die Vorbereitungen dazu sind schon in vollem Gange. Das Paar möchte im „Alten Schulhaus" feiern, was mich natürlich sehr freut, die Schule wird gerade von oben bis unten mit Girlanden und bunten Lichtern behängt. Viele Gäste werden von auswärts kommen und hier übernachten, auch im alten Schulhaus. Im Schulhof werden Podien aufgebaut, auf einer wird eine einheimische, uns bekannte Musikgruppe zum Tanz aufspielen, auf der anderen wird getanzt. Überall im Haus und auf dem Hof wird gehämmert, geklopft, Ti-

sche und Bänke werden von früh bis spät dorthin und hierhin geschleppt, ich erkenne mein Schulhaus nicht mehr, nun, langsam gewöhne ich mich daran. In der Hotelküche der Martens wird fleißig für das Hochzeitsmenü und die Kaffeetafel gebacken und gewerkelt, der ganze Ort ist im Hochzeitsfieber, es wird die größte Hochzeit sein, die es je hier gab. Ich freue mich sehr darüber und auch, dass die Frauen kommen werden, die Sie kennengelernt haben, sie wollen sich in Zukunft möglichst jedes Jahr in Schnackenburg, hier in ihrer alten Schule treffen, was mich natürlich sehr freut. Es ist nicht zu übersehen, dass sie mit Kaspar Krause, dem Bräutigam, eine echte Freudschaft verbindet, an der auch ich ein klein wenig teilhaben darf. Auch von Ihnen ist oft die Rede, liebe Frau und lieber Herr Altmeier, und wie sich doch seit damals, als Sie Kaspar hier im Schulhaus trafen, alles so wunderbar gefügt hat.

Nun, liebe Frau und lieber Herr Altmeier, ich darf Sie im Namen Kaspars, seiner Braut Anita und der Frauen zur Hochzeit am 18. November einladen. Es wäre auch mir eine große Freude, wenn ich Sie begrüßen dürfte.

Mit herzlichem Gruß Maria Liebknecht.

Um es vorweg zu nehmen, wir waren zur Zeit der Hochzeit zum fünfzigsten Geburtstag unseres Sohnes eingeladen und konnten zu meinem großen Bedauern leider nicht hinfahren. Aber Peter gestaltete eine wunderschöne Hochzeitskarte und ich verfasste ein Gedicht dazu. Ich wusste ja, Kaspar liebt Gedichte.

Wenig später erhielten wir ein Hochzeitsfoto, es wurde vor dem Haupteingang der „Alten Schule" aufgenommen. Oben am Treppenabsatz stand das Brautpaar. Die Braut mit strahlendem Lächeln, in einem weißen, raffiniert schlichten, knielangen Kleid und weißen Pumps und der Bräutigam im dunklen Anzug. Links und rechts des Paares, auf den Treppenstufen die Rektorin und die neun Frauen, festlich gekleidet und heiter in die Kamera lächelnd. Die Familien des Paares und eine große Hochzeitsgesellschaft standen dicht gedrängt vor dem Treppenabsatz versammelt; und über allem, da war ich mir ganz sicher, schwebte Marlies junges, lächelndes Antlitz.

Ich kann nicht sagen, wie *sie* es angestellt hat, aber als eine wie ich kam, neugierig, mitteilsam, vielleicht auch ein wenig indiskret, da sah sie ihre Change, alles andere fügte sich wie von selbst.

Es gibt eben Dinge, die über unsere Wahrnehmung hinausgehen, für mich ist das völlig in Ordnung.

T r i l o g i e

Jugendbücher

Eine Auflistung aller Buchtitel und eBooks
mit ISBN-Nummern finden Sie auch unter der
Web-Adresse: http://www.hannelore-deinert.de

Die Bücher und eBooks der Autorin sind im
Buchhandel,
den Verlagen oder im Internet erhältlich.

Hannelore Deinert ist 1942 in Kelheim an der Donau geboren. Ihre Mutter teilte das Schicksal vieler Frauen in jener Zeit, der Vater blieb im Krieg und sie musste ihre zwei Kinder alleine aufziehen. Hannelore heiratete früh und bekam mit ihrem jungen Ehemann drei Kinder. Nach einigen Wanderjahren wurde die Familie im Rhein-Main-Gebiet, nahe Frankfurt sesshaft, Hannelore betrieb mit ihrem Mann ein Spielwaren- und Bastelgeschäft. Erst in der Rente fand sie die Ruhe und Muße ein Literatur-Fern-Studium zu absolvierte und ihrer Schreibleidenschaft nachzukommen. Ihre Romane, Prosen, Kurzkrimis, Gedichte und Jugend- und Kindergeschichten erzählt sie mit viel Phantasie und Liebe zu den Menschen mit ihren Schwächen und Stärken. Ihr Motto ist: *Pures Licht blendet zu sehr, zum Glück gibt es auch den Schatten.*

http://www.hannelore-deinert.de